W0418415

Rodrigo Rey Rosa

Die Henker des Friedens

Roman

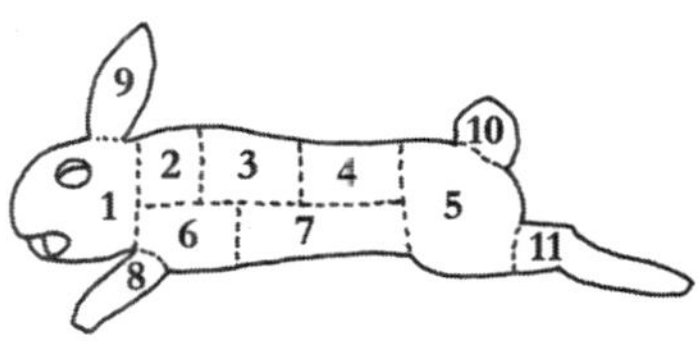

Rodrigo Rey Rosa

Die Henker des Friedens

Aus dem guatemaltekischen Spanisch
von Erich Hakl

Verlag Klaus Wagenbach Berlin

Das Buch erschien 1997 unter dem Titel
Que me maten si … bei Seix Barral, Barcelona.
Die erste deutsche Ausgabe erschien 2001 unter dem Titel
Die Henker des Friedens beim Rotpunktverlag in Zürich.

Wagenbachs Taschenbuch 474
1. Auflage 2003

Lizenzausgabe mit freundlicher Genehmigung:
© 1997 Rodrigo Rey Rosa
© 2001 Rotpunktverlag Zürich
© für diese Ausgabe: 2003 Verlag Klaus Wagenbach,
Emser Straße 40/41, 10719 Berlin
Umschlaggestaltung: Birgit Thiel unter Verwendung
eines Photos aus Guatemala. Reihenkonzept: Rainer Groothuis
Das Karnickel auf Seite 1 zeichnete Horst Rudolf
Gesetzt aus der Meridien
Gedruckt und gebunden bei Pustet, Regensburg
Printed in Germany. Alle Rechte vorbehalten
ISBN 3 8031 2474 3

Inhalt

Lucien Leigh

Es war der dreißigste Mai 1996, im Dorf Fernchurch, England. Lucien Leigh, der vor mehr als fünfundachtzig Jahren geboren war – und fast die Hälfte seiner Lebenszeit unter Fremden und an abgelegenen Orten zugebracht hatte –, griff an sein großes linkes Ohr, um das winzige Hörgerät rauszunehmen, ohne das er praktisch nicht hören konnte. Er setzte sich und betrachtete den kugelförmigen Gegenstand, der ihm lieb war wie ein Edelstein.

Es war früher Nachmittag, hin und wieder brach die Sonne zwischen lang gestreckten grauen Wolken hervor. Das kleine Glashaus, das an den Wohntrakt angrenzte, roch nach Blüten. Lucien atmete tief und der Duft der Blumen, die er selbst ausgesucht und angepflanzt hatte, weckte in ihm angenehme Erinnerungen an lange Reisen. Dann geschah etwas, das ihn nicht überraschte, weil es immer wieder ohne vorherige Anzeichen über ihn hereinbrach: Sein Verstand, der für sein Alter immer noch scharf war, begann sich zu trüben. Schwindel erfasste ihn. Verschwommene Erinnerungen an ein Leben, das ihm nah und fremd zugleich erschien. Düstere Bilder: Totenköpfe, Schenkelknochen, leere Augenhöhlen. Diesmal dauert der Anfall viel zu lange, dachte er. Während er die Augen geschlossen hielt, verwahrte er das Hörgerät in seiner Hosentasche. Dann legte er die Hände auf die Armlehnen des Korbsessels und hob den Kopf. Er musste diese Bilder loswerden, verscheuchen, bis sie immer kleiner wurden, endlich hinter einen imaginären Horizont stürzten, in ein Nichts, das rötlich war und nicht weniger dicht als seine Lider. Er wusste, wie er sie zum Verschwinden bringen konnte, aber das bedurfte einer Anstrengung, die dem Versuch gleichkam, aufkommende Angstgefühle zu besiegen: Man musste von oben gegen den Magen pressen, warten, bis sich in der Mundhöhle bitterer Speichel gesammelt hatte, mit der Zunge ganz hinten im Gaumen schnalzen, die Luft durch die Nase ausstoßen, dann erst langsam schlucken. Und die Bilder lösten sich auf, zerstreuten sich, verschwanden.

Jetzt konnte er die Augen öffnen. Dort, auf der anderen Seite der Glaswand, war das Gras, grün und unverändert, stand das Vogelhäuschen. Seine Ehefrau, die dritte in seinem Leben, betrat das Gewächshaus und durch den Luftzug gerieten die Duftschwaden in Bewegung.

»Can you hear me?«

Lucien konnte ihr von den Lippen lesen. Er schüttelte den Kopf. Er sah, wie der Gesichtsausdruck der Frau von Ungeduld zu Ärger wechselte, und da holte er das Hörgerät aus der Tasche und steckte es sich ins Ohr. Eine wunderbare Erfindung, dachte er. Eine der wenigen der Wissenschaft geschuldeten Errungenschaften, für die man wirklich dankbar sein musste. Ihm waren immer die schlechten Verbindungen, die schlechten Wege lieber gewesen … Vielleicht war er schon zu lange auf der Welt: Das Altwerden hatte sich einfach nicht vermeiden lassen.

Er war noch damit beschäftigt, den digitalen Schallverstärker anzupassen, durch den er die Geräusche wie vor vielen Jahren wahrnahm – vom Knirschen der Erde unter seinen Sohlen bis zum Summen einer Fliege –, als seine Frau bereits weiterredete:

»It' s Emilia … from London … says … Guatemala … «

Er konnte nicht alle Wörter lesen, begriff aber aufgrund ihrer Gebärde, dass etwas Schreckliches in Guatemala geschehen war. Endlich hatte er das Ding in seinem Ohr richtig eingestellt.

»What?«

»She' s coming to see us«, sagte Nina.

»Fantastic. When?«

Die Nachricht freute ihn, aber er war nicht besonders überrascht. Nina und er hatten sie oft nach England eingeladen und jetzt würde sie eben kommen. Guatemala bedeutete für ihn Komplikationen. Dort hatte er seine erste Frau verloren. Dort war ein enger Freund von ihm kaltblütig – »Guatemalan style« – ermordet worden. Brutale Lebewesen weckten seine Neugierde, aber die Brutalität dort war eine unpersönliche Gewalt, die sich jederzeit entladen konnte, eine Gewalt außerhalb menschlicher Kontrolle, unbarmherzig und interesselos. Als sie Emilia kennen lernten, war sie ihnen wie ein einzigartiges Geschöpf vorgekommen. Inmitten des moralischen Nebels, in dem die besitzende Klasse lebte, hatte sie den dunklen und grausamen Aspekt ihres Milieus erkannt und beschlossen mitzuhelfen, es von innen her zu verändern. Für so was braucht man einen guten Magen, dachte Leigh.

»Morgen Abend ist sie hier«, sagte Nina.

Etwas später ging Lucien hinauf in sein Arbeitszimmer. Er musste für die *Times* das Buch eines französischen Anthropologen rezensieren, das er noch nicht fertig gelesen hatte. Obwohl ihn das Thema interessierte (das Konzept der Gastfreundschaft in einigen Urgesellschaften) und das Buch mit französischem Esprit geschrieben war, nickte er ein, noch ehe er bis zur letzten Seite gekommen war.

Die Hörer

I

»Nicht nur deshalb«, sagte Ernesto zu Pedro Morán, der Leutnant der Infanterie war. »Auch weil mir die ganze Lebensweise nicht mehr zusagt. Ich glaub, ich würde gern wieder studieren.«

»Das wundert mich nicht, du Lahmarsch.« Pedro schnitt eine Grimasse und hob sein Glas. »Also Prost.« Er trank, wischte sich mit dem Ärmel über den Mund, rief den Mann hinter der Theke und verlangte noch zwei Tequila. »Ich hoffe, du vergisst deine Freunde nicht«, sagte er dann.

Ernesto schaute ihn mit einem treuherzigen Lächeln an.

»Natürlich nicht.«

Aber genau das hatte er vor. Pedro, mit dem er seit seiner Schulzeit befreundet war, stammte wie er aus einer Offiziersfamilie. Aber die Waffen waren zu einer Art Erbsünde geworden.

Pedro leerte wieder sein Glas.

»Dein Alter wird daran keine Freude haben«, sagte er.

»Möglich.« Ernesto trank auch.

Pedro lachte böse.

»Ich sag dir, du wirst immer ein Militär bleiben. Das liegt dir nun mal im Blut!« Er lachte noch einmal.

»Nichts dauert ewig«, sagte Ernesto.

Pedro war schon ziemlich betrunken. Plötzlich wurde er ernst.

»Ich zahle«, sagte er und warf ein paar Geldscheine auf die Theke. »Aber du bist ein Esel.«

In Ernestos Jeep redete er weiter.

»Für Leute wie dich und mich ist hierzulande der Kommiss die einzige Chance zum Reichwerden. Oder das Drogengeschäft.«

Ernesto hielt vor dem Haus von Pedros Vater. Pedro drückte ihm die Hand und sagte:

»Ich glaube nicht, dass du ein Verräter bist.«

II

»Du glaubst also, dass das alles aus reiner Willkür geschehen ist und dass es so nicht hätte geschehen dürfen«, sagte die Mutter zu Ernesto. »Da irrst du dich, mein Junge. Dass du die Dinge auf deine Art siehst, bedeutet nur, dass du sie eben so siehst, nicht dass sie wirklich so sind. Jeder Einzelne ist eine Welt für sich und es gibt unendlich viele Welten.«

Ernesto lachte, einerseits, weil das, was seine Mutter sagte, ihn zum Lachen reizte, andererseits, weil er zeigen wollte, dass er mit ihr nicht einverstanden war.

»Das alles«, sagte er, »schließt alles ein.«

»Ja«, sagte sie. »Das alles und noch mehr. Die fürchterlichsten Dinge, die du dir nur vorstellen kannst, alles, absolut alles geschieht, wie es eben geschehen muss. Es gehört zum Wesen der Welt, in der wir leben, dass nichts anders werden kann. Man muss das einfach akzeptieren.«

»So siehst du es«, erwiderte er, »aber das bedeutet nicht mehr, als dass du es eben so siehst, dass die Welt so ist, die in deinem Kopf steckt. In meinem ist sie nicht so.«

»Ich finde das ganz richtig«, sagte die Frau. »Zweifellos soll es auch so sein.«

Rosa, das Dienstmädchen, kam ins Esszimmer und stellte einen Topf mit Suppe auf den Tisch.

»Die Wurzel des Problems«, sagte Oberst Solís, »liegt darin, dass du als Kind chinesische Mystik gelesen hast.«

»Red keinen Unsinn«, sagte seine Frau.

»Na schön«, seufzte der Oberst. Er blickte auf seinen Suppenteller, während er zu Ernesto sagte: »Kannst du dich noch an dein Pferd erinnern, El Caribeño? Vergangene Woche ist es verendet.«

Er hatte seinem Sohn das Pferd zum fünfzehnten Geburtstag geschenkt.

Die Nachricht machte Ernesto traurig.

»Woran?«

»An Altersschwäche. Und die Pistole, die ich dir zum Abitur geschenkt habe, hast du die noch?«

Ernesto sagte ja.

Sie löffelten schweigend die Suppe.

Als Rosa den Nachtisch servierte, befahl ihr die Hausfrau, den Fernseher einzuschalten, denn es war Zeit für die Nachrichten. In La Libertad, Peten, hatte man eben ein Massengrab entdeckt: Mehr als zwanzig Familien waren heimlich hingerichtet worden, vermutlich von Angehörigen der Nationalen Streitkräfte, und in einen Brunnenschacht von zwei Meter Durchmesser und fünfzehn Meter Tiefe geworfen worden.

»Man hat diese Leute manipuliert«, sagte Ernestos Mutter. Sie stand auf, um den Fernseher abzudrehen, dann nahm sie wieder Platz.

»Hast du gesehen«, sagte Ernesto. »Es waren auch Leichen von Alten und Kindern darunter. Von Säuglingen.«

»Es war Krieg. Außerdem ist das schon über zehn Jahre her«, sagte sie.

»Es waren Kriegsverbrechen.«

»Ich habe nicht das Recht, jemanden zu verurteilen.«

»Glaub mir.«

Der Vater schwieg. Offenbar war er mit der Entscheidung seines Sohnes ganz zufrieden. So wie die Dinge sich entwickeln würden, sagte er nach einer Weile, halte er es für richtig, dass Ernesto den Dienst in der Armee quittiert hatte. Und es sei auch eine gute Idee, wieder zu studieren.

»Das habe ich dir auch gesagt, Amalia, stimmts?« Er wandte sich an seine Frau. Es war, als würde er gleich in Tränen ausbrechen.

»Ja, das stimmt«, antwortete sie. Sie schaute ihn einen Augenblick lang mit routinierter Zärtlichkeit an, bevor sie wieder auf Ernesto einredete: »Das Ansehen der Armee wird durch so viele Skandale und Enthüllungen in den Dreck gezogen. Ich finde, das Köpferollen geht zu weit. Nicht alle haben es verdient, dass man so mit ihnen umspringt. Andererseits wird man nicht alle Schuldigen zur Rechenschaft ziehen. Dein Vater ist einer der wenigen mit einer sauberen Weste, obwohl« – sie lächelte – »fast hätte auch er ein paar Spritzer abbekommen. Du kannst dir nicht vorstellen, wer alles am Pranger stehen wird, wenn diese Friedensverhandlungen erst einmal vorüber sind. Leute, die unsereins für unantastbar gehalten hat. Aber das bleibt jetzt unter uns, Ernesto.« Sie senkte die Stimme: »Leute wie Oberst Bonilla oder Admiral Hernández. Und der Sohn von Oberst Morán. Es heißt, er ist in Drogengeschichten verwickelt. Ja, dein Freund Pedro.«

Ernesto nickte und die Frau redete weiter.

»Aber am ärgsten ist das, was man seinem Vater nachsagt. Er wird beschuldigt, zwei Attentate organisiert zu haben, erst unlängst, und es scheint was dran zu sein.«

»Davon weiß ich nichts«, sagte Ernesto.

»Natürlich nicht«, sagte sie und schaute ihren Mann an, als wollte sie ihn um Erlaubnis bitten, weiterreden zu dürfen. »Die Sache ist viel zu heikel, um sie jetzt schon an die große Glocke zu hängen.«

Der Oberst, der immer noch mit seinem Beefsteak beschäftigt war, meinte: »Bei Ausländern kann man gar nicht vorsichtig genug sein. Ich hab das schon immer gesagt.« Er hob einen Moment lang das Messer, dann säbelte er wieder an seinem Fleisch.

»Was war denn?« fragte Ernesto.

»Erzähl es ihm«, sagte der Oberst zu seiner Frau, »du kannst das besser als ich.«

»Vor kurzem haben sie den Mann geschnappt, der die Anschläge verüben wollte. Er behauptet, dass ihn Oberst Morán angeworben hat. Ein Israeli, glaube ich. Oder ist er Libanese?«

»Nein, nein. Israeli, Israeli.«

»Also gut, aus Israel. Er hat den Behörden alles über den Auftrag erzählt. Es heißt, er war Spezialist in der Guerillabekämpfung, den sein Land im Rahmen eines internationalen Hilfsprogramms hierher geschickt hat. Anscheinend hat er mehrere Monate lang Dienst getan und als sein Einsatz vorbei war, hat er beschlossen, noch einige Zeit dazubleiben, weil es ihm in Guatemala so gut gefallen hat.« Ernestos Mutter blickte auf die Uhr an der Wand, überlegte kurz, dann fuhr sie fort: »Der Oberst soll ihm für die Morde hunderttausend Dollar versprochen haben.«

»Und wen wollten sie umbringen?«

»Ich weiß nicht. Eine verwickelte Sache. Irgendwie gings um einen Lastwagen der Armee, der angeblich für den Transport von Opium benutzt wurde. Oder wars Kokain?«

»Kokain, Kokain«, sagte der Oberst.

III

Ernesto stand an der Fensterfront seines Appartements, trank die erste Tasse Kaffee des Tages und blickte auf die blauen Vulkankegel, die sich in gerader Linie bis zum Horizont erstreckten. Jenseits der grausamen Geschäftigkeit des Krieges schien ihm das Leben nichts weiter zu sein als eine Reihe leerer, unnötiger und nutzloser Riten. Es war nicht so, dass der Krieg über die gegenseitige Vernichtung von Feinden hinaus einen Sinn hatte, aber in ihm besaß jede Tat, jede Überlegung ein genaues Ziel. Vielleicht war diese Art Ordnung eine Illusion, reichte jedoch aus, um dem Leben der Menschen eine Struktur zu geben. Außerhalb dieser Struktur schien alles absurd zu sein. Alles war ein Spiel. War es dann nicht am vernünftigsten, das Königsspiel, nämlich Krieg, zu spielen?

Er trank den Kaffee in einem Zug aus. Er hatte es satt, vernünftig zu sein. Du hast Angst, sagte er sich. Er ging ins Badezimmer und betrachtete sich einen Augenblick lang im Spiegel. Er sah nicht wie ein Feigling aus und das beruhigte ihn. Es war zulässig, Angst zu haben, jetzt, da er der Armee den Rücken kehrte. Er ging zurück ins Wohnzimmer und legte eine Kassette mit afrikanischer Musik ein, die seine Morgengymnastik begleitete.

Unter der Dusche fragte er sich: Weshalb habe ich mein Leben geändert? Es war eine Frage, auf die er keine Antwort wusste, aber er war sicher, die richtige Entscheidung getroffen zu haben. Und wenn es stimmte, dass alles um ihn herum immer schlimmer wurde, hätte er jedenfalls die Genugtuung, dass es ihm gelungen war, sich dem Drang zum Schlechteren zu widersetzen. Das sagte er sich, während er seine muskulösen Beine abtrocknete.

Später setzte er sich in sein Auto, fuhr die Straße nach El Salvador hoch und nahm die Abzweigung nach Vista Hermosa, wo sich die Universität befand. Es war die letzte

Woche zum Immatrikulieren und er sah viele junge Leute, die dasselbe Ziel hatten. In der Nähe des Baseballstadions überholte ihn ein schwarzer 2CV. Eine Frau, die er attraktiv fand, saß am Steuer. Er hielt sich dicht hinter ihr. Beim Postamt bogen sie nach rechts ab, in die Straße der Universität. Auf dem Studentenparkplatz fand er ein paar Meter von ihrem Auto entfernt eine Lücke. Er sah, dass sie groß war und schöner, als er gedacht hatte. Etwas an ihrer vornehmen Erscheinung schüchterte ihn ein. Aber er stieg aus und ging, nicht sehr schnell, hinter ihr her.

So gelangte er zur Auskunft und als sie sich in der Schlange vor einem der Schalter anstellte, beschloss er, das auch zu tun, sodass er ihren Hinterkopf, ihr kurzes schwarzes Haar, ihre geraden Schultern aus der Nähe sehen konnte.

Über dem Schalter vor der Schlange hing ein Schild mit der Aufschrift: »Philosophie: Vorlesungszeiten und Inskriptionen«.

Sie musste seinen Blick im Nacken gespürt haben, denn sie drehte sich langsam um und musterte ihn. Einen Moment lang schauten sie sich in die Augen. Wenn sie wüsste, dass ich bei der Armee gewesen bin, dachte er, würde sie mich keines Blicks würdigen. Aber sie hatte ihn nicht abschätzig angesehen, wenigstens kam es ihm so vor.

»Weißt du«, fragte er, »ob der Schalter da nur für Philosophie zuständig ist?«

»Keine Ahnung. Was suchst du?«

»Literatur.«

Vielleicht hätte er was anderes sagen sollen, denn sie kehrte ihm wieder den Rücken, zog ein Notizbuch aus ihrer Umhängetasche und begann darin zu blättern. Nach ein paar Minuten unternahm er einen neuen Versuch.

»Wie heißt du?«

»Emilia.«

»Ernesto. Sehr erfreut.«

»Gleichfalls.«

Nun drehte sie sich wieder nach vorn, bat die Frau mit Brille, die hinter dem Schalter stand, um ein Vorlesungsverzeichnis und ging dann mit schnellen Schritten Richtung Parkplatz.

»Was kann ich für Sie tun?« sagte die Frau mit Brille zu Ernesto.

»Ein Vorlesungsverzeichnis für Literatur bitte.«

»Hier gibts nur eines für Philosophie.«

»Dann eben für Philosophie.«

Sie lächelte.

»Bitte sehr. Aber das ist nicht dasselbe«, sagte sie.

Auch Ernesto wandte sich dem Ausgang zu. Er hatte sich Illusionen gemacht, dachte er. Er konnte ihr jetzt nicht hinterherlaufen, denn er wollte nicht aufdringlich erscheinen. Und er würde sie ja wiedersehen.

Am ersten Vorlesungstag fand er sich wieder in der Universität ein. In der Cafeteria sah er Emilia, die junge Frau mit dem 2CV, allein und wie in Gedanken versunken an einem Tisch sitzen. Das gab ihm Mut, sich mit einem Becher Kaffee zu ihr zu setzen.

»Ich hab Philosophie genommen«, sagte er.

»Ja? Und warum?«

»Vielleicht deinetwegen.«

Sie sagte nichts.

»Wirklich«, sagte er. »Obwohl ich noch andere Gründe habe. Literatur interessiert mich auch, aber ich werde schon noch Zeit finden, Gedichte und Romane zu lesen. Aber so was kann man gar nicht richtig studieren, glaube ich. Philosophie dagegen schon, da bin ich mir sicher.«

»Ich verstehe nicht viel von Philosophie«, sagte sie. »Ich hab nur eine Vorlesung belegt, Allgemeine Geschichte. Ich studiere Anthropologie. Konkrete Dinge sind mir lieber. Alles Abstrakte langweilt mich.«

Macht nichts, dachte Ernesto. Wenigstens eine Vorlesung würden sie gemeinsam besuchen. Und in den Pausen könnte er, so wie jetzt, mit ihr zusammen sein.

Emilia stand auf und ging weg. An der Tür begegnete

ihr ein kleiner Mann mit indianischen Gesichtszügen, den sie offenbar kannte, denn sie beugte sich vor und küsste ihn auf die Wange.

IV

Pedro und Ernesto waren in den Korea-Klub gegangen, wo die Mädchen jetzt anfingen, sich auf der Tanzfläche paarweise auszuziehen.

»Ich hab kürzlich erfahren, dass dein Vater Probleme hat«, sagte Ernesto, als sie an einem der Tische neben der Tanzfläche bei einem Bier saßen. »Hoffentlich stimmt es nicht, was ich gehört habe.«

Pedro schien überrascht zu sein.

»Was für Probleme?«

Ernesto spürte eine irrationale Angst. Was er gesagt hatte, konnte in den Ohren eines Militärs wie eine Beleidigung klingen und Pedro Morán zu beleidigen, das war das Letzte, was in diesem Augenblick in seiner Absicht lag.

»Vergiss es. Aber du weißt schon, wenn ich irgendwie helfen kann … Du kannst mit mir rechnen.«

»Ich weiß nicht, wovon du sprichst.«

Pedro war sichtlich verärgert und Ernesto hielt es für ratsam weiterzureden. Die Härchen auf seinen Armen und im Nacken sträubten sich, als er sagte:

»Irgend so eine Geschichte mit einem israelischen Spezialisten.«

Zu Ernestos Erstaunen entspannte sich Pedro. Er zündete sich eine Zigarette an, streckte die Beine neben dem Plastiktischchen aus, zog sich die Hose zurecht.

»Schau dir die an«, sagte er, während er einem Mädchen beim Tanzen zusah, die ihre Glieder wie Gummi verrenkte.

Ernesto betrachtete sie.

»Wenigstens eine, der es offenbar Spaß macht«, sagte er.

»Für so was«, sagte Pedro, »zahle ich gern.«

Als sie zu tanzen aufhörte, riefen sie das Mädchen zu sich, um ihr einen Drink zu spendieren. Sie nahm die Einladung an und holte noch eine Freundin an den Tisch, die sich um Ernesto kümmern sollte. Pedro und das Mädchen mit dem gelenkigen Körper gingen tanzen, auf ein Parkett weiter hinten, das für Paare reserviert war.

»Du tanzt nicht?« fragte das andere Mädchen Ernesto, während der Kellner zwei Gläser dunklen Rum vor sie hinstellte.

»Manchmal.« Sie stießen miteinander an.

»Hast du eine Freundin?«

»Nein.«

»Komm schon, gehen wir tanzen.«

Das nächste Musikstück setzte ein: Uno, dos, tres . ..

»Gut, tanzen wir.«

Es wurde schon hell, als Pedro vor dem Appartementhaus hielt, in dem Ernesto wohnte.

Ernesto lief die Stiege in der Eingangshalle hinauf, wobei er zwei Stufen auf einmal nahm. Dann drückte er den Aufzugsknopf. Er fuhr erschrocken zusammen, als er plötzlich Pedro neben sich stehen sah.

»Ich geh noch kurz mit hoch«, sagte dieser. »Sofern du nichts dagegen hast.«

»Natürlich nicht.«

Während sie mit dem Lift nach oben fuhren, sagte Pedro mit einem dünnen Lächeln:

»Ich muss aufs Klo, das ist alles.«

Diese Begründung, die ihn unter anderen Umständen nicht weiter beunruhigt hätte, jagte Ernesto einen Schauer über den Rücken. Das liegt nur am Tonfall, der nicht gepasst hat, sagte er sich. Im zehnten Stock stiegen sie aus und betraten Ernestos Appartement. Pedro ging direkt ins Badezimmer.

Ernesto zog sich in sein Schlafzimmer zurück, wobei er sich von den hohen Fenstern und dem Abgrund hinter ihnen fern hielt. Er setzte sich auf die Bettkante, neben das Nachtkästchen, in dem er seine alte Pistole aufbewahrte. Dann streckte er sich auf dem Bett aus und machte den Fernseher an. Ein mexikanischer Videoclip war zu sehen.

Was macht Pedro so lange im Bad, dachte er. Für einen Augenblick vergaß er seine Angst. Er stand auf und horchte an der Badezimmertür. Ist ihm schlecht geworden? Der Wasserhahn war aufgedreht und er konnte Pedro atmen hören. Er klopfte dreimal leise an die Tür.

»Alles in Ordnung?«

Das Wasser hörte zu rauschen auf. Die Tür wurde geöffnet.

Während er mit den Händen über sein nasses Gesicht fuhr, sagte Pedro: »Um diese Zeit gibt es nichts Besseres als kaltes Wasser. Ich fühle mich wie neu geboren. Was meinst du, willst du schlafen gehen, oder sollen wir quatschen?«

Ernesto zog die Schultern hoch.

»Reden wir, wenn du willst«, sagte er. »Ich bin nicht müde.«

Pedro ließ ihn an sich vorbei ins Badezimmer. Ernesto schloss die Tür und sperrte ab.

Von draußen hörte er Pedro lachen.

Er wusch sich das Gesicht. Dabei stieg wieder die Angst in ihm hoch. Vielleicht würde nicht gleich was passieren, aber er ahnte, dass der Bruch zwischen ihnen heftig sein würde.

Als er aus dem Bad kam, war Pedro wie verwandelt. Nüchtern. Ein guter alter Freund. Denn auch ein Militär kann ein guter Freund sein, dachte Ernesto.

Pedro lag auf der Wohnzimmermatratze zwischen den Kissen und Ernesto setzte sich neben ihm auf den Boden.

»Schieß los: Was hat dir deine Mutter erzählt?«

Ernesto berichtete. Als er damit zu Ende war, sprang Pedro auf. Sein Gesicht war rot angelaufen, die Augen traten aus ihren Höhlen. Es sah aus, als wäre er übergeschnappt.

»Du weißt Bescheid«, sagte er schnell, »wenn du nicht auf unserer Seite stehst, reiß ich dir den Arsch auf.«

»Mensch, Pedro, beruhige dich. Was ist bloß in dich gefahren? Du kannst mir doch vertrauen.«

»Und sag deiner Alten, dass sie keinen Unsinn quasseln soll, sonst kann auch ihr was passieren.«

Damit drehte er sich um und lief zur Tür. Ernesto rappelte sich hoch und schrie hinter ihm her:

»Verdammter Spinner!«

Pedro blieb stehen, machte kehrt, zwei Sprünge, und er hatte Ernesto am Hals gepackt. Dann brüllte er ihn an.

»Pass bloß auf, du Hurenbeutel. Oder ich häng dich als Verräter an den Eiern auf.«

Jetzt reagierte Ernesto. Er warf jäh die Arme hoch, um sich aus dem Griff des andern zu befreien, dann umklammerte er ihn und sagte langsam und deutlich:

»Kapiers endlich, du Scheißkerl, ich bin kein Verräter. Ich bin dein Freund. Ef. Er. E. U. En. De. Freund.«

V

Sie setzten sich wieder und Pedro begann zu erzählen.

Vor fünfzehn Jahren, während der Präsidentschaft des Generals Lucas García, war sein Vater nach Uspantán versetzt worden. Der Guerillakrieg in Ixcán befand sich auf seinem Höhepunkt und der Oberst hatte Befehl erhalten, Truppen in das Gebiet der Ixil zu entsenden.

Ernesto hörte aufmerksam zu, sogar mit Sympathie, aber hin und wieder überkam ihn diese absurde, irrationale Angst. Unerklärlicherweise sah er dabei Emilia vor sich.

»Wie dann der Unsinn mit den Menschenrechten in Mode gekommen ist, hat mein Alter einen anonymen Anruf erhalten. Es war eine Frau mit argentinischem oder uruguayischem Akzent, ziemlich jung offenbar. Eine Drohung oder besser eine Erpressung. Viele Bauern sind während des Krieges geflüchtet. Und die Regierung hat bekanntlich die verlassenen Ländereien hergeschenkt, an Campesinos aus dem Osten, wo die Leute weniger für die Revolutionäre übrig hatten. Damals hat mein Alter einigen Ixilfamilien ihre Besitzurkunden abgekauft. Aus reiner Gutmütigkeit, weil er gewusst hat, dass sie ohnehin entschlossen waren wegzugehen. So hat er ein Blutvergießen vermieden. Aber die Frau am Telefon hat gesagt, dass sie ihn verpfeifen wird, weil er sich dieses Land illegal unter den Nagel gerissen hat, außer er ist bereit, ihr einen Gefallen zu tun.«

Pedro unterbrach sich und starrte Ernesto eine Weile an.

»Ich hoffe nur, dir ist wirklich zu trauen«, sagte er.

Ernesto antwortete nicht, hielt aber seinem Blick stand.

»Die Frau wollte das Wegerecht dort, in Chajul, im Nordosten von Nebaj. Eins von den Grundstücken, das mein Vater gekauft hatte, grenzte an einen verminten

Streifen rings um ein Feld, auf dem die Subversiven Mohn angebaut hatten. Also sollte er beide Augen zudrücken, wenn ein paar Lastautos das Material abtransportierten. Er musste das akzeptieren oder er glaubte, es akzeptieren zu müssen. Etwas später schickte er eine Sondereinheit hin, aber die Plantage war aufgegeben worden und mehr ließ sich nicht in Erfahrung bringen. Es war klar, dass jemand in seiner unmittelbaren Umgebung die Subversiven informiert haben musste, denn niemand sonst hätte herausfinden können, dass diese Ländereien in seinen Besitz übergegangen waren. Nichts davon war in irgendeinem Kataster eingetragen. Gut, ein paar Jahre vergehen. Mein Alter wird als Abgeordneter von Uspantán gewählt. Eines schönen Tages merke ich, dass diese Frau ihn immer noch belästigt. Und ich sage mir, dass eigentlich nur eine Person als Informant in Frage kommt, nämlich seine Sekretärin. Sie war immer äußerst korrekt, eine intelligente und fleißige Frau, die schon seit einer Ewigkeit für ihn gearbeitet hat. Aber es stellt sich heraus, sie ist eine Verräterin. Eines Nachts haben wir sie uns vorgenommen … Wozu in Einzelheiten gehen. Wir haben sie aus dem Weg geräumt. In ihrer Wohnung haben wir Fotokopien der Urkunden aus Chajul gefunden.«

»Und was hat es mit dem Israeli auf sich?«

»Was weiß ich. Keiner hat diesem Schwachkopf befohlen, jemanden um die Ecke zu bringen. Er sollte einfach nur Nachforschungen anstellen. Eine schöne Geschichte, was?«

Etwas zu kompliziert, dachte Ernesto.

»Und was wird dein Vater jetzt machen?«

»Im Moment nichts. Nur nachdenken.«

Ernesto ging in die Küche. Während er Kaffee aufbrühte, glaubte er zu hören, dass Pedro etwas durch die Nase aufzog. Kokain? Er nahm Milch und Zucker und kehrte ins Wohnzimmer zurück. Pedro war schon an der Tür, bereit aufzubrechen.

»In die Federn mit dir«, sagte er. »Und denk an mich!«

»Du solltest auch schlafen gehen«, sagte Ernesto.

Aber würde er es tun, fragte er sich. Im Schlafzimmer drehte er den Fernseher ab, während er sich auszog, und warf sich aufs Bett.

VI

Offenbar fiel es Emilia schwer, wach zu bleiben. Ernesto betrachtete sie von seinem Platz aus, ein paar Reihen weiter hinten. Es tat ihm fast weh, die Rundung einer ihrer Brüste zu sehen, die irgendwie mit der Form ihrer Wange und der ihrer Nase übereinstimmte und mit ihrer Hand, die neben dem Tisch baumelte, und mit der Wölbung ihres Schenkels unter der eng anliegenden Hose.

Was hatte sie gestern Nacht gemacht, warum hatte sie nicht geschlafen?

Nachher, in der Cafeteria, tranken sie gemeinsam Kaffee. Sie war entgegenkommender als sonst, ja sie behandelte ihn wie einen alten Freund. Zu seiner Überraschung sagte sie:

»Fahren wir doch dieses Wochenende irgendwohin aufs Land. Willst du? Mir steht die Stadt bis hierher.«

»Und wohin?« fragte er begeistert.

»Ich hatte an Nebaj gedacht.«

»Nebaj? Ein bisschen weit weg.«

»Mit deinem Rav sind wir in vier, höchstens fünf Stunden da. Und wir haben von Freitag bis Montag frei, wegen Mariä Himmelfahrt.«

»Nebaj. Warum nicht nach Lívingston oder an den Pazifik?«

»Ich möchte eben nach Nebaj. Komm schon, sag ja. Wenn nicht, muss ich mir einen anderen Freund suchen, der einen Jeep hat.«

VII

Sie erreichten zu Mittag Chichicastenango. Die schmalen gepflasterten Straßen waren von großen Reisebussen verstopft. Dorfkinder drängten sich um die Autos und boten Stoffe und Tonwaren, Holzmasken und Schalmeien zum Kauf an, empfahlen Gaststätten und Herbergen.

Ernesto und Emilia fuhren rund um den Platz und dann weiter ans andere Dorfende. Auf einem staubigen Fahrweg gelangten sie nach Jocopilas, wo sie zum Mittagessen auf dem Hauptplatz hielten, vor einem der Imbissstände, die in mehreren Reihen angeordnet waren.

Als sie wieder unterwegs waren, auf einem Weg, auf dem ihnen nur hin und wieder ein Lastwagen begegnete, hielt es Ernesto für angebracht zu sagen:

»Danke, dass du mich zu diesem Ausflug überredet hast.«

Emilia gab keine Antwort.

Sie ließen Sacapulas hinter sich, das die träge Atmosphäre der Kolonialzeit ausstrahlte, mit der alten Brücke über den Río Chixoy und den liebenswürdigen, irgendwie verträumten Mestizen, die dort wohnten.

Jetzt fuhren sie hinauf in den höchstgelegenen Teil der Sierra, der hinter Wolken verborgen lag. Ernesto war bemüht, den Steinen auszuweichen, die auf der Fahrbahn lagen, dann wieder musste er sich auf die Haarnadelkurven konzentrieren, neben denen das Gelände tief in eine Schlucht abfiel. Er merkte, dass Emilia angespannt war, etwas blass. Möglicherweise hatte sie Höhenangst. Ohne sie zu fragen, verringerte er das Tempo. Aber plötzlich war er es, der sich von einer Angst ergriffen fühlte, die schließlich nicht ganz unbegründet war.

Schon mehr als einmal hatte er flüchtig daran gedacht, dass sie einen heimlichen Grund haben könnte, gerade mit ihm nach Nebaj zu fahren. Vielleicht war es die Landschaft, vielleicht seine militärische Ausbildung, die ihn veranlasste, jede Wegkrümmung als ideale Stelle für einen Hinterhalt anzusehen. Wieder betrachtete er Emilia aus dem Augenwinkel; etwas schien sie zu bekümmern.

»Woran denkst du?«

»An ein Mädchen aus Uspantán, das ich gekannt habe.«

»Und?«

»Ach, nichts.«

»Erzähl schon!«

»Lass mich!« knurrte sie. »Ich will jetzt nicht. Mir ist schlecht«, sagte sie dann.

Allmählich näherten sie sich den weit ausgedehnten, schwammigen Wolken. Rechts unter ihnen, am Fuß der Sierra, war der Fluss, der immer schwärzer und abstrakter wurde, je höher sie kamen.

Auf der anderen Seite des Gipfels lag die Hochebene Ixil. Ein Bach, der sich tief in die schwarze Erde gegraben hatte, lief mitten durch grüne Wiesen, und im Abendlicht wechselte der Himmel seine Farbe. Nur die Kaserne und ein paar Neubauten verrieten, dass Nebaj ein Dorf wie alle anderen war, dass auch hier die Zeit nicht stillstand.

Zwei Ixilmädchen zeigten ihnen den Weg zur Pension außerhalb des Dorfes, die Emilia von Freunden empfohlen worden war. Die Wirtin, eine Weiße mit negroiden Gesichtszügen, sagte ihnen, dass sie nur noch ein freies Zimmer hatte.

»Wir brauchen aber zwei«, sagte Emilia.

»Nun, da draußen hätte ich noch eins, es hat zwar kein Bett, aber eine Matratze ließe sich schon finden. Es ist warm dort, weil daneben der Herd für das Wasser ist. Wollen Sie es sehen?«

Sie schauten es sich an. Es war ein dunkles, fensterloses Loch mit einem Boden aus gestampfter Erde, wurde aber von einem Holzofen erwärmt, auf dem das Wasser für das Badezimmer erhitzt wurde.

»Was meinst du?« sagte Emilia.

»Ich weiß nicht.« Sie schaute ihn etwas verärgert an

und deshalb sagte er schnell: »Wahrscheinlich werde ich da weniger frieren als du.«

»Ich hasse Kälte«, sagte sie und fügte vergnügt hinzu: »Aber ich war es ja, die hierher fahren wollte.«

Sie standen neben dem Waschtrog in der Mitte des Hofes. Die Besitzerin der Pension, die gerade dabei war, eine alte Matratze für Ernestos Kammer herbeizuschaffen, sagte zu ihnen:

»Wenn Sie wollen, können Sie auch was essen. Ich koche für gewöhnlich nicht, aber da sind Gäste, die mit ihrem Auto eine Panne hatten, die haben mich extra darum gebeten. Ausländer, und ziemlich alt, deshalb habe ich eine Ausnahme gemacht. Sonst müssten Sie ins Dorf hinaufgehen, Sie wissen schon.«

»Was gibt es?«

»Hühnerbrühe, Eier, Bohnen, Avocados und Reis. Bananen mit Sauerrahm zum Nachtisch und Kaffee.«

Sie beschlossen, gleich hier zu essen. Ernesto half der Frau, die Matratze in seine Kammer zu tragen, dann holte sie noch eine Decke und Pappe zum Unterlegen.

Ernesto blieb ein paar Minuten lang ausgestreckt auf der Matratze liegen und starrte nach oben, zu den rauchgeschwärzten Ziegeln. Er hatte sich was in den Kopf gesetzt, das hatte er jetzt davon, dachte er. Die Matratze war zu hart, die Decke zu schmutzig. Er fühlte sich gedemütigt, weil er das alles nur aus Gefälligkeit einer Frau gegenüber auf sich genommen hatte. Irgendwie würde er es ihr zurückzahlen, das schwor er sich. »Ernesto!« Sie stand draußen vor der Tür. »Gehen wir essen.«

Als er endlich rauskam, war Emilia nicht mehr da. Am Himmel, der wie rein gefegt war, leuchteten unzählige Sterne.

Das Esszimmer war ein kleiner, niedriger Raum. In der Mitte stand ein Tisch aus Kiefernholz, darauf brannte eine Kerze, die in einem steinernen Ring festgeklemmt war. Dort am Tisch saß Emilia und unterhielt sich angeregt mit zwei Fremden. Anscheinend waren sie Engländer. Ernesto setzte sich zu ihnen und wurde sofort in das Gespräch einbezogen.

»Eine Prachtstraße, was?« sagte der alte Mann zu ihm. Dann wandte er sich an seine Frau und ergänzte: »One of the worst in the world, no Nina?« Er hob die Hand, um sein Hörgerät lauter zu stellen.

Er war ein groß gewachsener Mann. Man merkte, dass er einmal kräftig gewesen war, aber die Jahre hatten ihn dünn und gebrechlich gemacht.

»Yes, Lucien«, antwortete die Frau und wandte sich an Emilia: »Couldn't be much worse if one is to call it a road, really.«

Es war offensichtlich, dass die beiden ziemlich weit herumgekommen waren. Sie verglichen die Hühnerbrühe mit einer Suppe, die sie vor Jahren einmal in Irian Jaya zu sich genommen hatten. Ihr Mann sei Romancier und Reiseschriftsteller, erklärte ihnen die Frau, und sie begleite ihn für gewöhnlich, nun, da er alt geworden war.

Emilia fragte, ob sie als Touristen nach Nebaj gekommen seien oder ob sie sein berufliches Interesse hierher geführt habe.

»The truth is«, sagte der Engländer, »I'm not sure.«

Ernesto fühlte sich unbehaglich, als ihm der Alte in die Augen schaute und auf Spanisch weiterredete:

»Eigentlich wollte ich nach Chajul.«

»Warum gerade nach Chajul?« fragte Ernesto.

»Wie heißt das Indiomädchen, das vor ein paar Jahren den Friedensnobelpreis bekommen hat? Haben Sie ihre Geschichte gelesen?«

Emilia hatte das Buch gelesen. Ernesto log, als er sagte, dass er es auch gelesen habe. Einmal hatte er es in den Händen gehabt, darin geblättert, einen Absatz hier, einen da überflogen, das war alles.

»Ich weiß nicht, ob Sie sich daran erinnern: In Chajul hat ein Massaker stattgefunden, bei dem einer ihrer Brüder ums Leben gekommen ist. Ich möchte einen Artikel darüber schreiben, obwohl mich niemand damit beauftragt hat. Aber vorher will ich das Dorf sehen. Den Ort, wo es passiert ist, um einen Eindruck zu gewinnen.«

Emilia sagte, sie halte das für eine gute Idee. Ernesto kam sich wie ein Hochstapler vor.

»Können Sie sich an die Stelle im Buch erinnern?« fragte ihn der Engländer.

Ernesto zögerte und runzelte die Stirn.

»Ich fürchte, nein. Ich habe das Buch schon vor mehreren Jahren gelesen, gleich nachdem es erschienen ist.«

»Vor etwa zehn Jahren, stimmts?«

»Genau.«

»Und so was haben Sie vergessen?« sagte der Engländer. »Das ist außergewöhnlich, nicht Nina?« und er wandte sich an seine Frau.

Ernesto fühlte, wie ihm das Blut in die Wangen schoss, und er war froh über das Halbdunkel im Zimmer. Der Engländer griff in seine Hosentasche und brachte ein paar bedruckte und zusammengeheftete Blätter zum Vorschein.

»Hier hab ich es«, sagte er und gab Ernesto die Papierbögen, »falls Sie es lesen wollen.«

Die Blätter stammten aus dem Buch von Rigoberta Menchú. Im Schein der Kerze las Ernesto in aller Eile die unglaubliche Geschichte von den mehr als zwanzig Indios, die von einem Trupp Soldaten hingerichtet und verbrannt worden waren. Das Verbrechen hatte sich, dem Bericht zufolge, auf dem Dorfplatz von Chajul ereignet, in Gegenwart der Bewohner, die gezwungen worden waren, dem Gemetzel gleichsam als schuldhafte Zeugen beizuwohnen.

»Natürlich, jetzt erinnere ich mich.« Ernesto musste, um den Schein zu wahren, ein zweites Mal lügen. »Ich begreife nicht, wie ich das vergessen konnte.«

Nach dem Abendessen zog Nina eine mit Whisky gefallte Plastikflasche Pepsi-Cola aus ihrer Tasche. Sie schenkte allen ein und dann stießen sie auf das Wohl der Wirtin an.

»And may I ask you«, sagte Nina zu Ernesto, »what is the purpose of your trip here?«

Ernesto schwieg. Emilia schaute ihn an, dann sagte sie:

»Ich wollte meinem Freund ein bisschen was von seinem eigenen Land zeigen.«

Die Engländer schmunzelten. Etwas später standen sie auf und wünschten eine gute Nacht.

VIII

Am Morgen darauf, noch im Halbschlaf, hörte Ernesto die Schritte von Leuten, die ins Badezimmer gingen, und das Plätschern von Wasser auf die nackte Haut und auf den Lehmboden. Der Dampf drang durch unsichtbare Ritzen in seine Kammer und die Decke, in die er sich gewickelt hatte, war voll gesogen mit dem Rauch des Herdfeuers, so dass er sich in einen Zustand ursprünglichen Glücks versetzt fühlte. Gerade bevor er ans Ende eines kurzen, aber sehr lebhaften Traums kam, klopfte jemand an die Tür. Er erwachte.

Geduscht und rasiert, in sauberer, wenn auch geräucherter Kleidung und in der heiteren Stimmung dessen, der gut geschlafen hat, so trat Ernesto hinaus in den Hof, wo sich allem Anschein nach eine kleine Tragödie abspielte. Der guatemaltekische Führer des britischen Ehepaares lehnte in einer Ecke, ölverschmiert bis hinauf zu den Ellbogen, starrte vor sich hin und schüttelte den Kopf. Neben dem Trog standen die Engländer, machten besorgte Gesichter und redeten leise miteinander. Der Schriftsteller zuckte bei jedem Satz seiner Frau die Achseln und sie schaute hin und wieder um sich, als ob die Lösung ihres Problems irgendwo im Hof zu finden wäre.

Emilia erschien in der Tür des Esszimmers und rief nach Ernesto. Sie setzten sich gemeinsam zu Tisch, auf dem ein Teller mit Bohnen, ein paar Brötchen und eine Kanne mit Kaffee standen. Emilia schenkte ihm Kaffee ein. Dabei erzählte sie, dass Lucien und Nina nicht nach Chajul fahren konnten, weil ihr Auto eine Panne hatte und es ihnen nicht gelungen war, den Schaden zu reparieren.

»Was ist es?«

»Der Fahrer sagt, die Benzinpumpe ist gebrochen. Könnten wir sie nicht hinbringen?«

»Nach Chajul?«

»Warum nicht?«

»Weil wir gar nicht vorhatten, dorthin zu fahren.«

Und weil sich das alles irgendwie unglaubwürdig anhört, dachte Ernesto.

»Aber wenn du unbedingt willst…«

»Ja, ich will«, sagte Emilia. Sie sprang auf und lief hinaus, um den Engländern Bescheid zu geben.

Der Alte sagte:

»But that' s marvellous. What kind of car do you have? Do we all fit?«

Ich glaube nicht, dachte Ernesto und hörte nicht länger hin. Das Brötchen war trocken, schwer runterzubringen, aber mit dem Kaffee verwandelte es sich in eine warme, weiche Masse, die langsam in seinen Magen glitt.

Nachdem er zu Ende gefrühstückt hatte, ging Ernesto in den Hof, um sich an den Reisevorbereitungen zu beteiligen. Der guatemaltekische Fahrer stand mit dem Rücken zu ihm und wusch sich im Trog die Hände. Die zwei Engländer und Emilia wandten sich Ernesto zu, als er sie fragte:

»Wie viele sind wir?«

»Das hab ich vorhin auch gefragt«, sagte Lucien. »Ihr Auto ist nicht sehr geräumig, glaube ich.« Er sah auf seine langen Beine hinunter.

»Ehrlich gesagt, nein.« Ernesto schaute Emilia an, die zum Zeichen ihres Unmuts die Stirn runzelte.

»Listen«, sagte Nina, ehe sie auf Spanisch weiterredete: »Ihr beide fahrt. Du und Lucien.« Dann blickte sie Emilia an. »Und wir zwei bleiben hier, drehen eine Runde durchs Dorf und machen dabei einen kleinen Einkaufsbummel. Das war es doch, was du tun wolltest, nicht wahr? Ich eigentlich auch.« Sie deutete auf den Fahrer, der immer noch damit beschäftigt war, sich das Öl abzuwaschen. »Und inzwischen repariert Arturo das Auto. Und fertig. Was hältst du davon, Ernesto?«

Der Nachdruck, mit dem sie gesprochen hatte, machte jeden Einwand überflüssig. Emilia sagte:

»Eine gute Idee. Ich kenne Chajul schon von früher, aber Ernesto nicht. Bist du einverstanden, Ernesto?«

»Von mir aus gehts in Ordnung.«

So kam es, dass er einige Minuten später in Gesellschaft des alten Engländers Richtung Chajul unterwegs war und sich dabei immer weiter von Emilia entfernte. Es war ein kalter sonniger Morgen, der Tau begann von den Halmen hochzusteigen und es schien, als spielte er mit dem Wind und mit den Sonnenstrahlen.

Lucien sagte:

»Kein Zweifel, dieser Weg ist noch schlechter als der gestern.«

Tatsächlich war er schmaler und steiniger.

Etwas später kamen sie an Felswänden mit schwarzen Erzadern vorbei.

»Schauen Sie, was für eine seltsame Landschaft. Sie ist … unearthly. Wie sagt man das auf Spanisch?«

Lucien wollte den Namen jedes Weilers wissen, aber Ernesto kannte sie nicht. Sie hielten an und fragten: ein Kind, einen Alten, eine Frau, die alle nicht zu verstehen schienen und mit einem entsetzten Gesichtsausdruck zurückwichen.

Tzitze, Ixay, Poí …

Am Ortsanfang von Chajul, wo Frauen die Wäsche zum Trocknen über die Büsche am Wegrand gelegt hatten, waren mehrere Dorfbewohner mit dem Graben eines Brunnens beschäftigt. Durch die lange und gerade Hauptstraße, vorbei an Häusern, die mit ihren alten Holzpfeilern und Dachziegeln dem Dorf ein würdevolles Aussehen verliehen, fuhren sie hinunter zu dem kleinen Platz, an dem sich das Gemeindeamt, die Feuerwehr und, weiter oben, die Kirche befanden. Gegenüber dem Gemeindeamt, wo Ernesto parkte, standen etliche Ixilfrauen, in ihren roten Röcken und bunt bestickten Blusen, und unterhielten sich mit dem Bürgermeister, einem jungen, schwarz gekleideten Mestizen.

Ernesto und Lucien stiegen langsam die Stufen zur Kirche hinauf, deren Fassade noch aus der Kolonialzeit stammte. Ein alter Mann, klein und dürr, grüßte sie im Vorbeigehen.

»Buenos dias.«

»Buenos ...«

»Buenos ... «

In der Kirche roch es nach Weihrauch. Das Dach war neu, ebenso die Seitenmauern. Rechts neben dem Altar hing ein von ungelenker Hand gemaltes Bild, auf dem mehrere tote Indios zu erkennen waren. Ihre blutigen und verstümmelten Körper lagen übereinander. In einem Halbkreis standen Soldaten in Uniform. Das Motto unter dem Bild lautete: Selig, die Verfolgung erleiden. Lukas, XXIII.

Lucien stieß einen dumpfen Laut aus.

Ernesto schaute um sich. Ihm war unbehaglich zumute.

Einen Augenblick lang blieben sie vor dem Altar stehen, dann drehten sie sich um und schlenderten zum Ausgang.

Draußen schien die Sonne auf den Platz. Sie betrachteten das kleine längliche Tal, das zum Teil noch im Nebel lag. Nach einer Weile sagte Lucien leise:

»Do you think we could ask someone about the incident that girl wrote about?«

»Warum nicht«, sagte Ernesto, obwohl er es für unvorsichtig hielt.

Lucien hob die Hand an sein Ohr. Ernesto sah sich nach einem möglichen Informanten um.

Plötzlich – und das kam ihm etwas seltsam vor – waren da zwei Männer, die sich auf der obersten Stufe, nur wenige Schritte von ihnen entfernt, miteinander auf Ixil unterhielten. Der eine war alt und hatte nur ein Auge, der andere, um etliches jünger, warf von Zeit zu Zeit einen Blick auf Lucien. Die Frauen, die beim Bürgermeister gestanden hatten, begannen sich zu zerstreuen. Offenbar waren sie mit dem Ergebnis der Unterredung zufrieden. Der Bürgermeister verschwand im Portal des alten Rathauses. Hinter dem Markt war eine Schlucht, wo Geier spiralenförmig aufflogen und niedergingen, und jenseits davon der Friedhof mit den Grabsteinen, deren kräftige Farben bis hierher leuchteten. Ernesto wandte sich an die beiden Männer über ihnen, die in ihrer Unterhaltung innegehalten hatten, und sagte in einem ernsten, fast feierlichen Tonfall:

»Verzeihen Sie, darf ich Ihnen eine Frage stellen?«

Der Jüngere steckte die Hände in die Hosentaschen und schob die Schultern ein wenig nach hinten.

»Kennen Sie das Buch von Rigoberta Menchú?«

»Ja.«

»Wir wollten gern die Stelle sehen, wo das geschehen ist, was sie über Chajul geschrieben hat. War es nicht hier?«

»Verzeihung«, erwiderte der andere, »aber was, sagt sie, ist in Chajul geschehen?«

Ernesto nannte den Tag und das Jahr und beschrieb das Massaker.

»Ja«, sagte der Alte. »Das war in dem Jahr. Es gab dreiundzwanzig Tote.«

Der Jüngere unterbrach ihn.

»Ja. Aber sie wurden nicht hier getötet.«

»Nein«, sagte der Alte. »Man hat sie weggebracht.«

Die beiden sahen sich an. Dann sagte der Jüngere:

»Ich war damals bei der Feuerwehr. Wir sind die Leichen holen gegangen.« Er deutete hinter seinen Rücken, wo, jenseits der Kirche, die Wipfel von ein paar Bäumen zu sehen waren. »Dort oben bei den Kiefern. Sie haben durcheinander gelegen, alle tot, mit heraushängenden Därmen.«

Lucien hörte scheinbar gleichmütig zu.

»Dann ist es also gar nicht hier geschehen?«

Der ehemalige Feuerwehrmann zeigte wieder auf die Kiefern hinter der Kirche.

»Kann man die Stelle sehen, wo sie gelegen haben?« fragte Ernesto.

Der ehemalige Feuerwehrmann sagte ja und dann

führte er sie an der Kirche vorbei zu einem schmalen Weg, der zum Dorfrand hin anstieg. Lucien kam zwischen den vielen Pfützen nur mit Mühe voran, sodass er immer weiter hinter Ernesto und dem jungen Ixil zurückblieb. An einer Ecke weiter oben warteten sie auf ihn.

»Und wer hat Sie hierher geschickt?« fragte der Ixil.

»Niemand. Der Señor hat mich gebeten, ihn zu begleiten. Er schreibt Bücher.«

»Und für wen schreibt er sie?«

»Für jeden, der sie lesen will.«

»Ah, das ist gut«, sagte der andere zufrieden.

Lucien arbeitete sich auf dem schlammigen Boden langsam heran und Ernesto konnte nicht umhin, Bewunderung für ihn zu empfinden. Der Mann musste über achtzig sein und war noch ganz bei der Sache. Ein kühler Wind kam auf, aber die Sonne wärmte. Endlich hatte Lucien sie eingeholt. Er keuchte ein wenig.

»Ich weiß nicht«, sagte er, »ob ich es bis hinauf schaffe. Offenbar ist es doch nicht so nahe, was?« Er schaute auf seine Uhr.

»Gleich da vorne«, sagte der Ixil, aber bis zu den Kiefern war noch eine ziemlich steile Böschung zu bewältigen.

»Geht allein weiter«, sagte der Engländer.

Ernesto wollte widersprechen, aber in diesem Augenblick nahm Lucien sein Hörgerät aus dem Ohr und richtete seine ganze Aufmerksamkeit darauf. Ernesto drehte sich zu dem Ixil um und wortlos setzten sich die beiden wieder in Bewegung.

Oben auf der Böschung erzählte der ehemalige Feuerwehrmann, wie er das Massaker erlebt hatte:

»Sie wurden in der Nacht getötet, so gegen drei. Man hat sie auf dem Platz gefesselt und hierher gebracht. Dann hat man eine Granate auf sie geworfen. Zuletzt hat man sie mit Macheten niedergemacht. Zu uns hat man gesagt: Feuerwehrmänner, verbrennt und begrabt die Reste. Wir haben den Toten die Därme in den Leib gestopft und sie dann zugenäht und dann haben wir sie zum Friedhof getragen. Es hat nicht genug Särge gegeben und deshalb haben wir einige von ihnen in Plastiksäcken begraben müssen.«

»Die Toten waren aus Chajul?«

»Aber ja.«

»Sie sind auch von hier?«

»Ja.«

Als sie den Hang runterstiegen, sahen sie einen Armeelastwagen, der sich durch das Tal auf der anderen Seite des Friedhofs langsam dem Dorf näherte. Unten am Platz verabschiedeten sie sich von ihrem Führer. Der Lastwagen war inzwischen schon eingetroffen, er stand neben Ernestos Rav.

»Du musst mir nachher erzählen, was du da oben gesehen hast«, sagte Lucien. »Sobald es was Interessantes zu hören gab, hat dieses Ding da wie üblich zu funktionieren aufgehört.«

Jetzt ging er etwas schneller, es schien fast, als würde er die Geduld verlieren. Er griff an sein Ohr, um wieder das Hörgerät rauszunehmen.

»Einen Moment«, sagte er und ging ein paar Schritte weg von Ernesto, hin zum Heck des Lastwagens, der unbeladen war und keine Plane aufgespannt hatte.

Ernesto stieg in seinen Jeep und wartete. Durch den Rückspiegel konnte er Lucien sehen, der die Pritsche des Lastwagens als Arbeitstisch benutzte. Anscheinend wusste er, was er zu tun hatte. Aber plötzlich begann er mit den Armen zu fuchteln und Ernesto stieg aus, um ihm gegebenenfalls helfen zu können.

»Ich hab es verloren«, sagte Lucien, der sich schon beruhigt hatte. »Es ist da durch die Ritze gefallen. Zum Glück habe ich ein Reservegerät bei mir.« Nachdem er sich den anderen Hörapparat ins Ohr gesteckt hatte, sagte er: »Jetzt kann ich wieder hören.«

Ein Soldat, der offenbar für den Lastwagen zuständig war, baute sich vor ihnen auf.

»Was machen Sie hier?« fragte er barsch.

Ernesto antwortete militärisch knapp:

»Nichts, Gefreiter. Der Herr hatte ein kleines Problem.«

Sie ließen ihn stehen und er behelligte sie nicht weiter.

Auf der Rückfahrt nach Nebaj sagte Lucien:

»Dann gibt es also zwei unterschiedliche Versionen. Menchús Beschreibung ist ein wenig übertrieben, ein wenig fantastisch. Aber der unseres Führers ist auch nicht ganz zu trauen, was?«

»Warum nicht?« fragte Ernesto.

»Weil er dabei war, wie das alles passiert ist, und nichts dagegen getan hat. Er wird Schuldgefühle haben, und das wäre auch ganz natürlich. Vielleicht hält er sich für feige.«

Diese Überlegung deprimierte Ernesto. Ihr zufolge müsste auch er Schuldgefühle haben, sich vielleicht für feige halten.

IX

Emilia und Nina folgten einem Ixilmädchen namens Miriam, das ihnen bestickte Blusen verkaufen wollte. Kurz zuvor, auf dem Markt, hatte sie ihnen gesagt, dass im Haus ihrer Schwester eine größere Auswahl davon vorhanden sei. Der Weg führte sie durch eine Gasse aus Schlamm und Steinen, die an einem Bach endete. Emilia und Nina hatten es nicht eilig. Sie unterhielten sich auf Englisch.

»Ich hab schon befürchtet, dass wir dich auf dieser Reise gar nicht treffen werden. Was hat dich bewogen, deine Meinung zu ändern?« sagte Nina.

»Ich hab meine Meinung nicht geändert.« Emilia fand Nina sympathisch. Sie spürte, dass sie ihr gegenüber ehrlich sein konnte. »Es geht eher darum, eine alte Schuld zu begleichen«, sagte sie. »Bei niemand Bestimmtem, vielleicht bei mir selbst. Bei meinem Karma. Unserem Nationalkarma.« Sie lachte etwas bitter. »Falls das etwas bedeuten will.«

Nina schwieg einen Augenblick, dann sagte sie:

»Ich sehe, du nimmst es sehr ernst. Und wahrscheinlich soll man es auch ernst nehmen. Und jetzt bist du mit Ernesto zusammen?«

»Aber nein«, erwiderte Emilia, als fände sie allein schon den Gedanken daran empörend. »Óscar und Arturo wollten unbedingt, dass ich ihn hierher bringe. Das heißt, dass wir seinen Jeep hierher bringen.« Sie senkte die Stimme. »Ich glaube, sie koksen zu viel. Sie sind paranoid geworden.«

Nina schaute sie enttäuscht an.

»Vermutlich hast du Recht. Es ist traurig, ich hab sie für gute Jungen gehalten.«

»Keine Ahnung, was sie in Chajul herausfinden wollen. Ich glaube, dass sie sich jetzt alles einbilden. Sie haben Angst davor, sich zu ändern.«

»Ich glaube auch nicht, dass es in Chajul noch viel zu entdecken gibt. Und Lucien ist unserer Meinung. Aber du weißt schon, jeder Vorwand ist ihm recht, wenn er nur wieder auf Reisen gehen kann.«

Miriam wartete weiter unten an einer Ecke auf sie. Sie ließ die beiden vorangehen, durch eine schmale Tür, die so niedrig war, dass sie sich ducken mussten. In einem dämmerigen Zimmer, das nur durch ein winziges Fenster und durch die Tür, die Miriam halb offen gelassen hatte, Licht bekam, webte eine alte Frau. Sie hockte auf dem Lehmboden und hatte ihren Hüftwebstuhl an einen Pfeiler gebunden. Miriam lud die Fremden ein, auf zwei kleinen Schemeln aus Kiefernholz Platz zu nehmen.

»Bewundernswert«, sagte Emilia, »in seinem Alter. Es ist eine anstrengende Reise.«

Nina betrachtete die Alte, die weiterwebte, ohne sich auch nur im Geringsten um sie zu kümmern.

»Oh«, sagte sie, »so anstrengend auch wieder nicht.«

»Und ein wenig gefährlich.«

»Findest du?«

»Schauen Sie«, sagte Miriam, während sie Blusen und Schärpen vor ihnen auslegte. »Alle sehr schön.«

»Ja«, sagte Nina, »sie sind wunderschön.«

»Mir gefällt die«, sagte Emilia und zeigte auf eine Bluse, die mit Pfauen und Rehen oder Pferden in gedämpften Farben bestickt war. Offensichtlich war sie viel älter als alle anderen.

»Ernesto ist ein guter Fahrer?« fragte Nina.

»Ich finde schon«, sagte Emilia und reichte ihr die Bluse.

»Diese hier wollen Sie kaufen?« fragte Miriam und sie lächelte, weil sie die Antwort schon im Voraus kannte.

Auf dem Weg zurück in die Pension fragte Nina:

»Dann hast du also mit Óscar nicht Schluss gemacht?«

»Nein.« Emilia schaute in den Himmel, der grün und wolkenlos war, und schüttelte den Kopf. »Ich fürchte, nicht ganz.«

»Auch wenn du mich nicht fragst«, sagte Nina, »aber dieser Junge, Ernesto, gefällt mir besser.«

Not in a million years, dachte Emilia.

Da Lucien und Ernesto noch nicht zurück waren, setzten sie sich in Emilias Zimmer auf das Bett, um sich die Zeit bis dahin zu vertreiben. Nina sagte, ihr sei kalt und schlug vor, einen Schluck Whisky zu trinken.

Während die Engländerin ihr den Whisky in einen Plastikbecher goss, brachte Emilia die Rede wieder auf Lucien. »Ich versteh immer noch nicht ganz«, sagte sie, »weshalb er in seinem Alter weiterhin diese Reisen macht.«

»Ich hab es dir schon erklärt, obwohl ich manchmal auch unsicher bin, ob ich es wirklich begreife. Vermutlich macht er es aus Neugierde. Und vermutlich kann sich Neugierde in ein Laster verwandeln. Es ist nur gut, dass er ein fast unfehlbares Gespür für Fälle entwickelt hat, für die es sich lohnt einzustehen.«

Sie hörten, wie Arturo der Wirtin mit barscher Stimme befahl, Wasser für den Kaffee aufzusetzen.

Nina blickte ein wenig verdrossen zur Tür. Ihre Äußerung galt Arturo und dem kleinen Freundeskreis, den sie gemeinsam hatten:

»Es fällt schwer, sich anzupassen, was? Zu lernen, in Frieden zu leben. Aber sie werden es lernen müssen.«

Emilia sagte:

»Óscar will sich im Ausland niederlassen. Vielleicht in Kuba. Möglich, dass ich mitgehe.«

Nina zog zum Zeichen ihres Missfallens die Brauen hoch.

Emilia wechselte das Thema. »Und Lucien«, sagte sie, »hat er irgendeine Methode, um an Informationen heranzukommen?«

Nina machte es sich auf dem Bett bequem.

»Du weißt, er ist sehr neugierig und redet mit allen möglichen Leuten. Das ist das Wichtigste. Obwohl es ihm jetzt, wo er allmählich taub wird, sehr schwer fällt.

Deshalb nimmt er in letzter Zeit auf jede Reise mehrere Hörgeräte mit. Er legt sie wie Köder an den verrücktesten Stellen aus. Später dann, zu Hause oder in einem Hotel, spielt er an seinem Radio herum, das mehr ist als nur ein Radio. Durch komplizierte Vorgänge, die ich noch nicht ganz begriffen habe, nimmt er Verbindung zu einem alten Freund auf, der in London lebt. Wenn er Glück hat, sendet der ihm eine Art Passwort, mit dem Lucien eine Satellitenfrequenz abhören kann, und dadurch ist es ihm möglich, das Signal eines seiner Hörgeräte zu empfangen, die ja auch mehr sind als nur gewöhnliche Hörgeräte. Das alles ist weniger kompliziert, als es klingt. Wie wenn du einen Sender mit einem Transistorradio suchen würdest. Das Problem liegt darin, dass so ein winziger Apparat nur sehr schwache Signale aussendet. Deshalb kann Lucien in den meisten Fällen die Geräusche, die er aufnimmt, nicht identifizieren. Hier in den Bergen oder auch an der Küste, wo es relativ wenig Radios und Fernsehgeräte gibt, stehen die Chancen besser. Aber in einer Stadt, sogar in einer Kleinstadt wie Antigua, wäre es unmöglich. Ich schau ihm gern zu, wenn er mitten in der Nacht aufsteht, um einen Satz oder auch nur ein Wort aufzuschreiben, das ihm gerade eingefallen ist. Manchmal legt er sich danach nicht mehr schlafen, sondern geht mit seinem Empfänger hinaus auf den Balkon oder setzt sich vor ein Fenster und sucht nach einem Signal. Das ist wie ein Ritual. Wenn ich ihn so im Dunkeln dasitzen sehe, muss ich immer an einen Mönch denken, der tief in sein Gebet versunken ist.«

In diesem Augenblick hörten sie ein Auto näher kommen. Es war Ernestos Jeep, der vor der Pension stehen blieb.

Nina fuhr fort:

»Auf diese Weise hat Lucien sich schon ziemlich interessante Informationen besorgt. Aber er kann sie nicht für seine Zeitungsartikel verwenden, weil er sie sich auf unzulässige Art verschafft hat und weil sie üblicherweise auch nicht überprüfbar sind. Deshalb baut er sie in seine Romane ein. Ehrlich gesagt gefallen mir seine Reisen besser als seine Romane« – sie lächelte ein wenig boshaft –, »auch wenn die genauso stimmen.« Von draußen war Luciens Stimme zu hören.

»Nina«, sagte er. »Are you there?«

X

Ernesto verstand nicht, warum Emilia ihm seit jener Reise aus dem Weg ging. Sie hatte seine Einladungen ins Kino, ins Theater, zum Abendessen ausgeschlagen. Jedes Mal konnte sie dafür einen mehr oder weniger glaubhaften Grund nennen und doch kam es Ernesto so vor, als ob er außerhalb der Universität für sie nicht existierte.

Er versuchte, sie zu vergessen. Ein paar Tage lang hielt er nicht nach ihr Ausschau, mied die Cafeteria, rief sie nicht an.

Aber eines Morgens trafen sie schließlich, zwischen zwei Vorlesungen, im Flur aufeinander. Es war Emilia, die auf ihn zuging, grüßte und ein Gespräch anfing. Sie trug ein etwas altmodisches Maßkostüm, war nicht geschminkt und hatte sich auch nicht die Lippen angemalt, aber selbst so fand er sie schön.

»Wo hast du denn die ganze Zeit gesteckt?« fragte sie.

Sie setzten sich in die Cafeteria, um einen Kaffee zu trinken. Emilia machte einen zufriedenen Eindruck und das verwirrte Ernesto. Sie erzählte ihm, dass ein alter Freund, der seit Jahren im Ausland lebte, zu Besuch gewesen sei. Deshalb habe sie ihn, Ernesto, nicht sehen können. Ernesto antwortete, er habe ihr vieles zu sagen.

»Und warum fängst du nicht an?«

»Durch dich habe ich mich geändert. Jetzt weiß ich, dass ich die Verantwortung für vieles, was hier geschehen ist, akzeptieren muss«, sagte er. »Vor allem für das, was man den Indios angetan hat.«

Sie machte ein skeptisches Gesicht.

»Der Engländer hat dich davon überzeugt, glaube ich, nicht ich.«

»Ihr beide. Ich frag mich jetzt nur, was man tun kann.«

»Für die Indios? Aber du und ich, wir sind Weiße. Wir

haben unsere eigenen Probleme. Sie können sich selbst helfen, verstehst du?«

»Ja, aber …« Ernesto dachte an ihren Freund, den kleinen Indio. Sie hatte einmal erwähnt, dass er gegen das Christentum kämpfte und nicht Juan, sondern Xiuán genannt werden wollte.

»Dieses Thema ist mir unangenehm«, sagte sie. »Auch ich fühle mich in gewisser Weise schuldig. Reden wir lieber von uns.«

»Was ist das für ein Freund, der dich besucht hat?«
»Mein ehemaliger Verlobter, auch so ein Verteidiger der Indios.« Sie rümpfte die Nase.

»Liebst du ihn noch?«

»Ein bisschen schon.«

»Und mich?«

»Dich auch, aber nur wie einen guten Freund.«

»Und könnte sich das nicht ändern?«

»Was weiß ich.«

Sie schwiegen.

»Ich habe es satt, bei meinen Eltern zu wohnen«, sagte sie dann. »Vor allem wegen meiner Mutter. Nicht einmal gemalt kann ich sie sehen.«

Ernesto fragte sich, warum sie ihm das sagte. Ein gutes Zeichen, dachte er. Sie hatte ihm erzählt, dass sie eine Wohnung auf dem Grundstück ihrer Eltern hatte, an einem Ende des Gartens, sodass sie ziemlich unabhängig war.

»Und diese Stadt«, sagte sie, während sich ihr Blick irgendwo hinter dem Park der Universität verlor. »Das ist einer der schlimmsten Orte, die je von Menschen ersonnen worden sind.« Dann schaute sie Ernesto an. »Was hältst du davon, wenn wir dieses Wochenende wieder einen Ausflug machen, du und ich?«

»Wieder nach Nebaj?«

»Bist du verrückt! Wo es warm ist, ans Meer.«

Also fuhren sie am nächsten Wochenende an den Pazifik. Am jenseitigen Ufer des Canal de Monterrico stiegen sie in einem Gästehaus ab, das von einer Nordamerikanerin, einer ehemaligen Biologin, geführt wurde.

Am Abend liefen sie über den schwarzen lauen Sand. Von weiter unten war die Brandung zu hören und auch der Schaum, der sich knisternd über den Sand schlängelte und in der Luft lag der Geruch nach Salz.

Als sie zum Gästehaus zurückkehrten, fragte die Biologin, ob sie nicht mitkommen wollten, um eine Schwarze Schildkröte beim Eierlegen zu beobachten. Das etwa achtzig Zentimeter lange Reptil hatte im Sand ein Loch von einem halben Meter Tiefe gegraben. Unbeirrt von den Menschen, die es mit Hilfe einer Laterne aus der Nähe betrachteten, ließ es ein weiches und graues Ei nach dem anderen unter sich fallen.

Emilia und Ernesto schliefen im selben Zimmer, im selben Bett. Und es war ihr Körper, der im Finstern den seinen suchte.

XI

Als Ernesto erwachte, war sie nicht da. Er sprang aus dem Bett und zog sich rasch an, dann lief er aus dem Zimmer. Aber Emilia war auch nicht im Speisesaal.

»Sie hat gesagt, sie geht ins Dorf frühstücken«, sagte die Biologin, die gerade eine Zigarette rauchte und Bier trank.

Er fand Emilia auf dem Obstmarkt, wo sie sich mit einem schwarzen Mädchen unterhielt. Dann schlenderten sie gemeinsam zu einem Imbissstand am Kanalufer, von wo sie die Brandung hören konnten.

»Du spinnst wohl!« sagte Emilia, denn er hatte ihr plötzlich einen Heiratsantrag gemacht.

»Nach dem, was heute Nacht passiert ist, war ich der Meinung, es wäre richtig so.«

»Überhaupt nicht.«

»Also nur gute Freunde.«

»Nur gute Freunde, natürlich. Was geht bloß in deinem Kopf vor, Ernesto?«

Als sie wieder in der Hauptstadt waren, erlaubte sie ihm erstmals, sie bis zu ihrer Wohnung im Garten des Elternhauses zu begleiten, der an einer breiten, gut beleuchteten Straße lag. Dort, vor der Tür, erlaubte sie ihm auch, sie einen Augenblick lang zu küssen: die Lippen, den Hals.

»Ich geh jetzt rein.«

»Bis morgen«, sagte er.

»Ich hab morgen keine Vorlesungen.«

»Ich ruf dich an.«

»Wenn du willst. Aber ich weiß nicht, ob ich zu Hause bin.«

Und so, in einer etwas ungewissen Situation, gingen sie auseinander.

XII

»Emilia? Hallo, hier Arturo.«

Emilia war gerade dabei, sich die Haare zu trocknen. Sie setzte sich auf ihr Bett, warf das Handtuch auf einen Stuhl und entwirrte das Telefonkabel.

»Was gibts denn?«

»Ich hab sie eben am Flughafen abgesetzt. Sie lassen dich grüßen. Du sollst sie einmal besuchen. Lucien hat mir ein paar Kassetten dagelassen, er meint, wir müssen sie uns unbedingt anhören. Er will einen Artikel darüber schreiben, aber er glaubt, es wird nicht leicht sein, ihn irgendwo unterzubringen. Er sagt, es wird sich kaum was beweisen lassen. Óscar kommt am Nachmittag zu mir. Bist du heute an der Universität?«

»Ich hab keine Vorlesungen. Warum?«

»Wir brauchen Xiuán.«

»In Ordnung, ich werde es ihm ausrichten.«

»Sag ihm bitte, dass er so um drei zu mir kommen soll. Da sind ein paar Gespräche auf Ixil, die er uns übersetzen muss.«

»Und mich braucht ihr auch?«

»Nein, wenn du nicht willst.«

»Du weißt, dass ich nicht will. Wir hatten uns geeinigt, dass nach diesem Ausflug Schluss sein sollte.«

»Ja, keine Sorge. Nur noch eine Kleinigkeit, bezüglich Solís.«

»Ernesto?«

»Ja. Hast du gewußt, dass er bei der Armee ist?«

»Wie?«

»Dass er bei der Armee war, besser gesagt.«

»Nein. Das war mir unbekannt.«

»Also jetzt weißt du es. Óscar hat es mir gesagt. Vor ein paar Tagen wurde Solís im Korea-Klub gesehen. Du wirst nie erraten, wer in seiner Begleitung war.«

»Wer?«

»Pedrito Morán.«

»Das glaub ich dir nicht.« Emilia zog sich das Handtuch über die Schultern, denn plötzlich war ihr kalt geworden.

»Aber es ist so. Also Vorsicht.«

Die Verbindung wurde unterbrochen: Eine Tonbandstimme erinnerte Arturo daran, dass er zehn Centavos einwerfen müsse.

»Ich hab kein Kleingeld mehr«, sagte er zu Emilia. »Ciao. Vergiss nicht, Xiuán zu sagen, um drei bei mir.«

XIII

Ernesto rief bei Emilia zu Hause an, wo man ihm sagte, dass sie an die Universität gefahren sei. Deshalb machte er sich zu Mittag auf, um sie dort zu suchen. Auf dem menschenleeren Flur lief er hin und her und wartete voller Ungeduld auf das Ende der Vorlesungen. Die Studenten kamen einzeln, einer nach dem andern, aus den Hörsälen und plötzlich war alles voll von Menschen und Stimmen. Endlich sah er Emilia, aber sie war in Begleitung eines Professors, eines ehrwürdigen alten Herrn, den sie sehr verehrte. Die beiden waren in ein Gespräch vertieft, sodass Ernesto es nicht wagte, sie zu stören. Während sie langsam zum Büro des Professors gingen, flatterte er wie ein aufgescheuchter Vogel hinter ihnen her.

Dann schritt er im Flur, der sich aufs Neue geleert hatte, wie zuvor auf und ab. Als er sah, dass Emilia aus dem Büro kam, lief er auf sie zu, aber sie wich ihm aus, indem sie auf dem ersten Treppenabsatz zum Parkplatz hin abbog.

Um sie einzuholen, musste er sich zwischen den Autos hindurchschlängeln. Er versperrte ihr den Weg und sagte im Befehlston:

»Ich will mit dir reden.«

Daraufhin schaute sie ihn derart eindringlich an, wie er es noch nie erlebt hatte.

»Aber ich will nicht mit dir reden«, sagte sie und ging weiter.

Er empfand einen körperlichen Schmerz: einen unerträglichen Druck in der Brust. Erst als er hörte, dass sie die Autotür zuwarf, setzte er sich in Bewegung.

Emilia drehte sich vom Fahrersitz aus nach ihm um. Es schien, als wäre sie entsetzt. Wortlos startete sie den Motor und fuhr los.

»Warte doch. Was ist denn? Du brauchst keine Angst zu haben.« Das Auto entfernte sich. »Emilia!«

Er hob eine Hand, dann ließ er sie fallen, entmutigt, erschöpft, mit einer mehr seelischen als körperlichen Müdigkeit.

XIV

Es war halb vier, als Arturo, Óscar und Xiuán sich an den Tisch aus Kiefernholz setzten, der im Esszimmer der kleinen Wohnung stand, in einem alten einstöckigen Gebäude des 2. Bezirks. Arturo hatte die grünen, mit großen schwarzen Blumen gemusterten Vorhänge zugezogen. Er schaltete einen alten Sonyrecorder ein, breitete eine Landkarte von Guatemala auf dem Tisch aus und sagte: »Ich werde versuchen, den jeweiligen Standort ausfindig zu machen, ihr korrigiert mich gegebenenfalls.« Dann schlug er ein Notizbuch auf, in dem mehrere Zeitangaben und Dorfnamen – auf Quiché, auf Kekchí, auf Ixil und auf Spanisch – verzeichnet waren und drückte die Wiedergabetaste.

Ein mechanisches Brummen war im Lautsprecher zu hören. »Das ist der Motor des Lastwagens«, sagte er. »Ich nehme an, wir befinden uns auf dem Dorfplatz von Chajul. Es ist vier Uhr nachmittags. Aufgepasst, Xiuán, gleich gibts was zum Übersetzen.«

Aber bevor noch jemand zu reden begann, waren dumpfe Geräusche zu hören, als würden schwere Ballen oder Bündel auf Holzbretter fallen.

»Sie werfen Säcke auf die Pritsche«, erklärte Arturo.

Dann Stimmen von zwei oder drei Männern, auf Ixil. Arturo drückte die Pausentaste.

»Xiuán«, sagte er, »verstehst du, was sie sagen?«

»Ja.« Der Indio hatte beide Ellbogen auf dem Tisch aufgestützt und hielt sein Kinn mit beiden Händen. »Einer nennt einen andern Faulpelz. Einer sagt, dass sie spät dran sind. Dass sie noch einen zweiten Lastwagen beladen müssen.«

Arturo drückte wieder auf Play.

Eine Weile hörten sie noch das dumpfe Aufprallen der Säcke, einen Ausruf, Keuchen.

Dann verriet ihnen das Motorengeräusch, dass sich der Lastwagen in Bewegung gesetzt hatte. Er quälte sich bergauf und Arturo studierte die Landkarte. Chajul. Nebaj. Sacapulas.

Fast eine Stunde später, als die Kassette zu Ende war, griff er nach der Tasche neben dem Tisch, öffnete sie und holte eine zweite Kassette hervor, die er anstelle der ersten einlegte. Sacapulas, schrieb er in sein Notizbuch.

»Offenbar haben sie dort übernachtet«, sagte er und drückte die Taste.

Stille. Im Hintergrund das Zirpen von Grillen und das Quaken von Fröschen (der Río Chixoy war in der Nähe), dann plötzlich Glockenschläge. Eine kleine Glocke, dem Klang nach wahrscheinlich gesprungen.

»Ja«, sagte Xiuán, »das ist Sacapulas. Die Kirche dort hat noch die alte Bronzeglocke.«

Dann hörten sie wieder Sätze auf Ixil.

»Was sagen sie?« fragte Arturo.

»Bitte spul das Band ein Stück zurück«, sagte Xiuán.

Und dann:

»Sie frieren. Zwei von ihnen wärmen sich gegenseitig.« Er lachte. »Gute Freunde.«

»Sonst nichts?«

»Manche Wörter lassen sich nicht richtig übersetzen«, sagte Xiuán. »Aber sie sind auch nicht wichtig.«

Die Kassette lief weiter. Sie hörten ein Niesen, jemand schnäuzte sich. Dann Stille, bis auf die Frösche im Hintergrund.

Während Arturo die dritte Kassette einlegte, erklärte Óscar, dass es den Aufzeichnungen zufolge für die Männer im Lastwagen schon früher Morgen sein musste. Das Hintergrundgeräusch hatte sich verändert. Jetzt war nur noch selten ein Quaken zu hören, dafür gurrte hin und wieder ein Vogel. Und es fielen ein paar Worte.

»Einer sagt, dass ihm kalt ist«, erklärte Xiuán. »Sie reden von ihren Frauen, die sie in einer von der Armee kontrollierten Mustersiedlung zurückgelassen haben, irgendwo hinter Chajul. Sie wissen nicht, wo man sie hinbringt. Sie haben Angst.«

Etwas später war zu hören, wie der Lastwagen wieder gestartet wurde und losfuhr. Arturo drückte die Pausentaste.

»Jetzt haben wir ein Problem«, sagte er. »Mir ist nicht klar, welchen Weg sie ab Sacapulas eingeschlagen haben.«

»Wie wärs mit einem Kaffee?« fragte Óscar.

XV

Nachdem er für alle Kaffee gekocht, drei Tassen auf den Tisch gestellt und einen Schluck getrunken hatte, schaltete Arturo wieder den Recorder ein.

Óscar folgte mit dem Zeigefinger einem Weg, der auf der Landkarte eingezeichnet war und schaute ab und zu auf seine Uhr. Als der Lastwagen seiner Berechnung nach Jocopilas erreicht haben musste, stellte er das Gerät lauter und dann bat er Arturo, das Band anzuhalten. Kein Geräusch auf der Kassette hatte verraten, dass der Lastwagen durch ein Dorf gekommen war. Deshalb fragte er Xiuán:

»Könnten sie nicht eine andere Route genommen haben?«

Xiuán kratzte sich am Kopf, in seinem dichten, borstigen Haar.

»Es gibt bloß noch einen Weg«, sagte er, »falls sie wirklich an die Pazifikküste gefahren sind, wie der Engländer gemeint hat. Den nach Huehuetenango. Auch er ist nicht asphaltiert und kaum befahren.«

Arturo ließ die Pausentaste los. Der Motor des Lastwagens brummte, weil es offenbar bergauf ging und manchmal musste der Fahrer schalten und hupen. Dann erreichten sie eine Hochebene, denn das Motorengeräusch wurde eintönig. Ein Heulen wie von weit entfernten Sirenen. Arturo drückte auf Pause und schaute Xiuán fragend an:

»Was war das?«

»Sie sind tatsächlich den Weg gefahren, den ich gemeint habe. Die Gegend dort oben ist ein Ödland, wie in Alaska. Es wachsen nur Zwergkiefern, die der Wind verkrüppelt hat. Ein Stück weit verläuft der Weg zwischen großen Felsen. Bei starkem Wind entsteht dieses Geräusch. Es klingt wie das Pfeifen von Menschen, manchmal verwandelt es sich in ein Heulen.«

Arturo drückte wieder auf Play. Jetzt glaubten sie zu erkennen, dass der Lastwagen einen Abhang hinunterfuhr. Da waren das Quietschen der Federung und das Schnarren der Bremsen.

Später waren Hupen, Stimmen, andere Motoren zu vernehmen. Der Lastwagen durchquerte die Stadt Huehuetenango. Und sie vermuteten, dass der Fahrer, statt von Sacapulas aus Los Encuentros anzusteuern, diesen Umweg gemacht hatte, um nicht in eine Polizeikontrolle zu geraten oder von einer Militärstreife angehalten zu werden. Hinter Huehuetenango war die Straße asphaltiert und wegen der hohen Geschwindigkeit des Lastwagens war ständig der pfeifende Fahrtwind zu hören.

Nach einer Weile änderte sich die Art der Geräusche und in Xiuáns Vorstellung wurde die Landschaft rings um den Lastwagen immer verschwommener. Jetzt lag es an Óscar, Arturos Fragen zu beantworten. Von weitem war das Muhen einer Kuh zu hören.

»Sie sind schon in der Bocacosta«, sagte Óscar. Kurz darauf, bei einem eigenartigen Knirschen, grinste er. »Da ist ihnen ein Huhn unter die Räder gekommen.«

XVI

Dann war das Brummen des Motors verschwunden. Sie hörten die Stimmen der Ixil, aber zu leise, als dass Xiuán sie hätte verstehen können. Zweimal klapperte etwas, da wurden vielleicht die Türen des Lastwagens zugeschlagen. Ein neues Geräusch hatte eingesetzt, ein fernes, lang anhaltendes Brausen. Die drei Männer, die schon am Eindösen waren, schreckten hoch.

»Das muss das Meer sein«, sagte Arturo nach ein paar Sekunden.

Der Wind schlug um. Plötzlich war erneut das ferne Tosen zu hören und hinter diesem Tosen das Quaken unzähliger Frösche, das um vieles melodischer klang als das ihrer Artgenossen am Ufer des Río Chixoy. Dann vernahmen sie ein leises Säuseln, wie von Meeresschaum.

»Ja.« Arturo legte den Finger auf den unteren Rand der Karte, neben einen roten Punkt namens Tiquisate.

Aber Óscar schüttelte den Kopf.

»Ich glaube, sie sind in Champerico. Etwas weiter westlich. Ihr werdet sehen.«

Die Männer, deren Stimmen jetzt zu hören waren, redeten spanisch, aber die Tonqualität war schlecht, sodass man nur manchmal ein einzelnes Wort verstehen konnte. Dann Satzfetzen auf Ixil, die genauso unverständlich waren. Und ein paar Minuten später der Motor eines Autos. Wahrscheinlich war es ein Jeep, der wie mit verzögerter Beschleunigung näher kam, was auf eine Sandfahrbahn schließen ließ. Schritte auf der Ladepritsche des Lastwagens. Der rüde Befehl: »Abladen!« Das schon bekannte Geräusch von Männern, die Säcke schulterten, Säcke fallen ließen. Dann das Brummen eines Motors, aber anders. Sie mussten das Band dreimal zurücklaufen lassen, ehe sie einig waren, dass es sich um ein Schnellboot handelte.

»Seht ihr!« sagte Óscar. »Sie können nicht in Tiquisate

sein, sie sind in Champerico. Da gibts eine alte verlassene Mole, da sind sie und werden das Material gleich auf das Boot umladen. Am Strand könnten sie es natürlich nicht tun, wegen der Brandung.«

Sie horchten angestrengt. Jetzt erklang eine Stimme, die sie bisher nicht wahrgenommen hatten, die ihnen aber vertraut war. Bedeutungsvoll sahen sie einander an.

»Das ist er«, sagte Óscar.

Arturo spulte das Band ein Stück zurück. Das Ganze noch einmal. Stille. Brechende Wellen, Frösche, Schaum auf Sand, Wind. Ganz klar waren drei Schüsse zu hören. Schritte auf den Brettern der Mole. Ketten? Und wieder der Motor des Lastwagens.

»Jetzt antauchen!« Es war die Stimme von Pedro Morán. Das Motorengeräusch änderte sich schlagartig, als würden die Räder plötzlich in der Luft durchdrehen und dann erfolgte eine Art Explosion, die ihnen klarmachte, dass der Lastwagen ins Meer gestürzt war.

Dann das taube Schlingern des leeren Bandes.

XVII

»Das wars.« Arturo begann die letzte Kassette zurückzuspulen.

»Ich glaub, es ist ziemlich klar«, sagte Óscar.

»Sehr klar«, sagte Xiuán. »Und nun?«

»Was können wir machen?« fragte Arturo. Statt einer Antwort hob er die Schultern: nichts.

»Aber sie haben doch die Ladearbeiter umgebracht!« Xiuán war empört. »Dabei haben die gar nicht gewusst, gar nicht wissen können, was sie da eigentlich transportieren. Und das Ganze ist Wochen nach dem Waffenstillstand passiert. Es lässt sich durch nichts rechtfertigen. Und wenn der Lastwagen im Meer versenkt wurde, könnte man ihn heben lassen. Man würde die Leichen der Arbeiter finden. Sicher haben sie die an die Pritsche gekettet.«

Óscar schüttelte langsam den Kopf. Es wäre unmöglich, den Lastwagen zu bergen, sagte er, denn das Meer dort, jenseits der Klippe und fast am Ende der Mole, sei sehr tief, praktisch unergründlich.

»Und das da?« fragte Xiuán und deutete auf die Tasche, in der Arturo wieder die Kassetten verstaut hatte, die sie gerade abgehört hatten.

»Ist für die Gerichte hierzulande kaum von Belang«, sagte Arturo. »Das weißt du.«

Xiuán schüttelte trotzig den Kopf.

»Ich kann nicht zulassen, dass es dabei bleibt«, protestierte er. »Ich kann einfach nicht.«

Während Arturo die Karte zusammenfaltete, sagte Óscar:

»Ich verstehe dich, aber wir können dir nicht helfen. Jetzt schon gar nicht.«

Xiuán schaute auf die Tasche.

»Kann ich die Bänder haben?«

Arturo blickte Óscar an, der seine Handrücken

betrachtete und dabei murmelte: »Warum nicht.« Und dann schob er die Tasche über den Tisch.

Xiuán hob eine seiner kleinen, breiten, schön geformten Hände und nahm wortlos die Tasche an sich. Arturo und Óscar begleiteten ihn zur Tür.

XVIII

Pedro hatte ihn unangekündigt zu Hause besucht und Ernesto, der niedergeschlagen war und keine Lust hatte, auszugehen oder auch nur jemanden zu treffen, war in seinem Selbstmitleid dem Oberleutnant für dessen Besuch dankbar.

»Aber was erzählst du mir da, Ernesto? Du bist doch ein ausgemachter Hornochse. Englische Touristen! Dieses Weibsbild bringt dich noch in Schwierigkeiten, du wirst sehen. Ich will nicht Pedro Morán heißen, wenn die beiden Alten keine Spione waren.«

»Für wen sollten sie denn spionieren?«

Pedro war einen Moment lang unschlüssig.

»Ich weiß es nicht«, sagte er. »Ich muss den Namen des Guatemalteken herausfinden, der sie gefahren hat. Du hast ihn nicht zufällig gehört?«

»Nein. Es war ein einfacher Führer.«

»Ja, Führer. Haha. Von einem Intellektuellen hast du nur den Schwanz, denn dein Grips ist gleich null. Ich sag dir, die nutzen dich nach Strich und Faden aus.«

Ernesto atmete tief aus. Es stimmte, er fühlte sich missbraucht.

»Gegen Liebeskummer hilft Alkohol«, sagte Pedro. »Komm, gehen wir was trinken.«

»Nein, danke. Mir steht wirklich nicht der Sinn danach. Zumindest jetzt noch nicht.«

»So früh ist es gar nicht.« Pedro schaute auf seine Armbanduhr. »Schon fast zehn.«

»Erzähl mir, was du von ihr weißt.«

Pedro machte eine verächtliche Handbewegung.

»Am besten, du schlägst sie dir aus dem Kopf. Warum lässt du dir von mir nichts sagen?«

»Vielleicht hilft es mir, wenn du mir alles sagst.«

»Ich glaube nicht. Es ist eine Willensfrage.«

»Eine Willensfrage?« Ernesto lachte gezwungen.

»Erzählst du mir endlich, was du angeblich weißt?« Er stand auf.

»Nur mit der Ruhe. Im Ernst, ein Schlückchen bekäme dir nicht schlecht. Aber wenn du schon darauf bestehst, will ich dich nicht länger auf die Folter spannen.«

Ernesto ging in die Küche, Whisky holen, während Pedro zu erzählen begann:

»Ich hab dir schon gesagt, es liegt nichts Aufregendes vor, aber zu denken gibt es einem doch. Sie hat einen Verlobten und ich verwende bewusst dieses Wort, damit du nicht glaubst, ich will jemanden beleidigen. Einen Verlobten also, der die meiste Zeit im Ausland lebt, aber jeden Monat oder alle zwei Monate nach Guatemala kommt. Wir wissen, dass er vor kurzem in Kuba war, er hat sie von dort aus angerufen.«

Ernesto brachte zwei Gläser mit Whisky und setzte sich Pedro gegenüber.

»Jetzt ist er gerade wieder im Land. Er ist Journalist, arbeitet aber für keine spezielle Zeitung. Er hat mit allen möglichen Leuten in Verbindung gestanden. Wir wissen, dass er Kontakte zur Subversion hat, welcher Natur, das entzieht sich unserer Kenntnis. Er ist nicht mehr ganz knusprig, ein Detail, das« – Pedro zog die Brauen hoch – »für dich sprechen könnte, mein Junge. Er ist so um die vierzig. Offenbar läuft es in letzter Zeit bei ihm nicht richtig. Er hat Geldprobleme. Kein Wunder, bei so viel Reisen und Nichtstun. Anfang des Monats, als er zum letzten Mal eingereist ist, hat man ihn am Flugplatz fotografiert. Er wirkt ziemlich gealtert. Raucht Marihuana, säuft, soll sogar gekokst haben. Ist auch fleißig hinter Röcken her. Vor Jahren war er mit einer Indianerin zusammen, einer Frau aus Uspantán, wenn ich mich recht erinnere. Das war eine Guerrillera von Kopf bis Fuß. Sie hat unter der Folter schlapp gemacht und zuvor noch brav gesungen. Aber das liegt fast zehn Jahre zurück. Ich glaube, das ist alles. Auf alle Fälle wissen wir, wo seine Sympathien liegen.«

»Und seine Antipathien«, sagte Ernesto. »Wie heißt er?«

Ihn schwindelte und ihm war übel. Pedro leerte sein Glas.

»Óscar Dubon«, sagte er. »Genosse Sauertopf nennt sie ihn. Sie sehen sich jedes Mal, wenn er da ist. Und erlaube mir, dir das offen zu sagen: Wenn diese Frau in jemanden verliebt ist, dann in ihn.«

Ernesto zuckte mit den Achseln. Pedro wiederholte: »Sie nutzen dich aus. Wenn du kannst, dann nutze du sie auch aus. Aber lass dich nicht verrückt machen.« Er runzelte die Stirn. »Allerdings glaube ich, dass du es schon bist.«

»Die Dinge sind nicht so einfach, aber zum Teil hast du Recht.«

»Es kommt darauf an, wie man die Dinge betrachtet. Sie machen einen andern aus dir und vor lauter Philosophie kriegst du es gar nicht mit.«

»Quäl mich damit nicht noch länger.«

»Will ich doch gar nicht. Du weißt schon, wie wir beim Kommiss sind. Wir helfen gern, wir wollen, dass unsere Leute gut über die Runden kommen. Wir decken dir den Rücken, auch wenn du es nicht mal merkst.«

XIX

Als Pedro weggegangen war, trug Ernesto sein Glas in die Küche, leerte den Whisky in das Spülbecken und schaute zu, wie sich die amberfarbene Flüssigkeit zum Abfluss schlängelte. Er dachte wieder an Emilia. Sie wird dich noch in Schwierigkeiten bringen, hatte Pedro gesagt und vielleicht hatte er Recht. Ich hab ihn satt, dachte Ernesto, während er vom Wohnzimmerfenster aus die rot glimmende Lava von zwei Vulkanen betrachtete, die Rauchwolken in den nächtlichen Himmel stießen. Auf der ganzen Stadt und den niedrigeren Bergen lag eine reglose, irgendwie leuchtende Decke aus feinstem Aschenstaub. Weit hinten im Südwesten gingen ständig Blitze nieder, aber noch war kein Donnern zu hören.

Sicher hatte Emilia durch irgendwen erfahren, dass er Militär gewesen war. Es war ein Fehler, dass er es ihr verheimlicht hatte: Jetzt glaubte sie wohl, dass er ihr Feind sei. Aber auch sie hatte ihm unnötigerweise einiges verheimlicht. Es war sogar möglich, dass sie ihn dazu gebracht hatte, den Engländer nach Chajul zu bringen, obwohl sie wusste, dass dieser, wie Pedro sagte, eine Art Spion war.

Jetzt donnerte es mehrmals hintereinander, aber ganz leise, und Ernesto musste voller Sympathie an Lucien und dessen Taubheit denken. Er erinnerte sich, wie der Engländer hinter dem Armeelastwagen stand, auf dem Dorfplatz von Chajul, und mit den Armen fuchtelte. Ohne zu wissen, dass er es darauf abgesehen hatte, kam Ernesto in diesem Augenblick hinter das Geheimnis. Er sah die Blitze in der Ferne niedergehen, aber was er wirklich sah, war die Ritze zwischen zwei Brettern der offenen Pritsche des Lastwagens, in die – nicht zufällig, jetzt begriff er es – Luciens Hörgerät gefallen war, ein kugelförmiger schwarzer Gegenstand, kleiner noch als ein Fünf-Centavo-Stück.

Als die Begeisterung über diese Entdeckung nachgelassen hatte, spürte er zum zweiten Mal an diesem Tag einen schmerzhaften Druck in der Brust, eine seltsame Schwere beim Atmen: Noch immer konnte er nicht glauben, dass Emilia sich geweigert hatte, mit ihm zu sprechen. Er lief im Zimmer auf und ab. Dann ging er in das Schlafzimmer und blieb neben dem Telefon stehen. Er hob den Hörer ab, dann legte er ihn zurück auf die Gabel. Vielleicht wäre es besser, sie aufzusuchen, dachte er. Er griff wieder nach dem Hörer und wählte Emilias Nummer, die er auswendig kannte. Aber niemand hob ab.

XX

Emilia drehte die Dusche ab und es fiel nur noch ein dicker Tropfen, der beim Aufprall auf dem Boden ein tröstliches, vertrautes Geräusch erzeugte. Sie hatte sich zum zweiten Mal an diesem Tag geduscht, weil ganz plötzlich die Hitze über die Stadt gekommen war. Sie würde zeitweise noch steigen, bis über die Grenze des Erträglichen, und dann würde die Regenzeit beginnen. Emilia presste das Wasser aus ihren Haaren, ehe sie auf die Matte vor dem Spiegel stieg, der nicht beschlagen war, weil sie sich kalt geduscht hatte. Sie hatte sich gerade fertig abgetrocknet, als sie das Klopfen an der Tür hörte, wickelte sich in ein Badetuch und ging aufmachen.

Es war Óscar und er wirkte verstört. Sie ließ ihn herein und er küsste sie flüchtig auf die Wange und setzte sich aufs Bett.

»Bist du zu Fuß gekommen?«

»Nein. Arturo hat mich hergebracht.«

»Ist irgendwas passiert?«

»Nein.«

»Was war auf den Kassetten?«

»Hörenswerte Dinge, aber man kann nichts damit anfangen. Ich erzähls dir nachher.«

»Aber irgendwas ist los. Hast du gekokst?«

»Nein.« Er zog einen weißen Umschlag aus der Rocktasche. »Endlich. Wir fliegen. Morgen früh.«

»Was?«

»Sofern du noch willst. Aber ich dachte, du wolltest.«

Sie nahm den Umschlag und öffnete ihn. Dabei kamen ihr Zweifel, ob sie wirklich eine Zeit lang mit ihm in Kuba leben wollte. Sie hatte nie geglaubt, dass Óscar sein Versprechen halten würde, aber auf einem der beiden Tickets stand ihr Name oberhalb der Destinationen: Guatemala-Stadt; San Jose de Costa Rica; Havanna; San Jose de Costa Rica; Guatemala-Stadt.

Sie gab ihm den Umschlag mit den Tickets zurück und ging wieder ins Badezimmer.

»Einen Moment noch«, sagte sie über die Schulter hinweg und schloss die Tür hinter sich, sperrte aber nicht zu.

Óscar folgte ihr ins Bad und küsste sie auf Hals und Rücken. Sie zog sich schnell ein Hemd an. Halb unbehaglich, halb bereitwillig ließ sie sich von ihm zurück zum Bett führen. Er zitterte und roch nach Alkohol. Er lachte.

»Was ist? Hast du jemand anderen erwartet?«

»Natürlich nicht. Ich hab geglaubt, wir würden erst in einem Monat fahren.«

»Und ich hab geglaubt, du wolltest sobald wie möglich weg.«

Es stimmte. Sie hatte darauf gedrängt, dass sie noch vor der Hitzeperiode nach Kuba fahren sollten. Denn die Hitze hier war trocken, statisch aufgeladen und verband sich für Emilia mit Erdstößen und mit Ausbrüchen von Gewalt.

»Ich hab schon gepackt«, sagte Óscar, »für mich gibts kein Zurück mehr. Schon deshalb nicht, weil ich sonst mein Ticket verlieren würde. Das Abflugdatum kann, wie du gesehen hast, nicht mehr verschoben werden. Aber wenn du willst, kannst du ja später nachkommen.«

Auf einmal fühlte sie sich verlassen. Die Dinge änderten sich in diesem Land rasend schnell, das war schon immer so gewesen. Und es war sonderbar: Entgegen allem Anschein wiederholte sich die Geschichte. Wiederholte sich und wiederholte sich und wiederholte sich.

»Gut«, sagte sie und stand auf. »Ich werde auch packen.«

Sie hatte schon einen Koffer voll gepackt, als er sie fragte:

»Wie weit bist du übrigens mit deinem Soldaten gekommen?«

»Wie bitte?«

»Ob du was mit Solís gehabt hast.«

»Ernesto?« Die ganze Geschichte mit ihm kam ihr in diesem Augenblick seltsam fremd vor, als wäre sie Teil einer Vergangenheit, mit der sie, Emilia, nichts zu tun hatte. Jetzt, da sie wusste, dass sie wegfahren würde, tat es ihr sogar leid, auf eine so brüske Art mit ihm gebrochen zu haben. Es war verständlich, dass er sich seines militärischen Vorlebens schämte, dass er es verbergen wollte. Sie sagte: »Er ist kein schlechter Mensch.«

»Dann war also was zwischen euch.«

Jetzt wurde Emilia ein wenig ärgerlich. Das war ausschließlich ihre Angelegenheit.

»Ja«, sagte sie und bedauerte es gleich wieder. »Aber nur einen Moment lang. Wirklich, es hat nicht die geringste Bedeutung.«

Óscars Gesicht verzerrte sich zu einem Grinsen.

»Nutte«, sagte er.

XXI

Gegen elf Uhr abends parkte Ernesto vor dem Haus von Emilias Eltern. Uber den Zaun aus Schmiedeeisen und Bambus hinweg konnte er sehen, dass weder im Wohnzimmer, wo – wie Emilia ihm erklärt hatte – ihre Eltern für gewöhnlich vor dem Fernseher saßen, noch in der Küche Licht brannte. Er schloss daraus, dass sie schon zu Bett gegangen waren. Durch einen Spalt zwischen zwei Bambusrohren sah er Emilias Auto in der Auffahrt zur Garage stehen. Er dachte daran zu klingeln, sprang aber, nachdem er nach allen Seiten Ausschau gehalten hatte, über die Umzäunung.

Die belgischen Schäferhunde von Emilias Vater, zwei riesige schwarze Tiere, schlugen an und kamen knurrend und mit gefletschten Zähnen auf ihn zugestürzt. Aber dann erkannten sie ihn, wedelten freundlich und begnügten sich damit, seine Füße zu beschnuppern.

Während er leise durch den Garten ging, dachte Ernesto, dass er dabei war, einen weiteren Fehler zu begehen; es war schon ein Fehler gewesen, sich in diese Frau zu verlieben. Im Gartenhaus war Licht. Er klopfte an die Tür.

»Emilia, ich bins«, sagte er leise, »Ernesto.«

Es war Óscar, der öffnete. Er war kleiner und dünner als Ernesto. Er hatte rot geäderte Augen und hielt, in Brusthöhe, eine automatische Pistole, die auf Ernestos Gesicht gerichtet war. Ernesto wandte den Blick ab, es gelang ihm, zwei große geöffnete Koffer auf Emilias Bett wahrzunehmen: Einer war leer, der andere mit Wäsche gefüllt. Sie verlässt mich, dachte er.

Emilia, die er nicht sehen konnte, sagte etwas und in diesem Augenblick bemerkte Ernesto, wie der Pistole eine Feuerzunge wuchs.

Das Heim

I

Emilia zog ihren Koffer auf Rädern durch einen Gang der Londoner Untergrundbahn, in dem sich zu dieser Tageszeit die Leute drängten. Vor fast zehn Jahren war sie das letzte Mal hier gewesen, jetzt stiegen Erinnerungen in ihr hoch. Es war jene Art von Empfindungen – dachte sie –, die man nur in einer großen Stadt, unter so vielen Leuten haben konnte. Schuheklappern, Plakate an den Wänden, Gerüche, unbekannte Gesichter, Schatten

Der Zug tauchte am Ausgang des Tunnels auf, hielt, die Türen öffneten sich. Die Leute drängelten beim Aus- und Einsteigen. Als sie im Wagen stand, eingeklemmt in der Menge, wurde Emilia von einem zweiten Erinnerungsschub erfasst. Die einzigartige Verliebtheit in einen Jungen, den sie nur einmal gesehen hatte (eines Morgens, in der U-Bahn, auf dem Weg in die Sprachschule, zum Englischlernen) und dessen Gesicht immer noch klar vor ihr stand. Ein Mädchen mit kurz geschorenen Haaren, die in einem synthetischen Rot gefärbt waren, sagte: »My foot« und jemand anderer entschuldigte sich. Der Zug fuhr in die Haltestelle Liverpool ein und Emilia stieß und wurde gestoßen und schaffte es auszusteigen. Sie stellte den Koffer auf den Boden und zog ihn wieder am Riemen hinter sich her. Sie war todmüde. Vor zehn Jahren hatte sie beschlossen, dass Europa ihr nicht guttat und trotzdem war sie zurückgekehrt.

Der nasse Asphalt der Straße, die roten Ziegelmauern der Häuser und das für London typische Taxi weckten ebenfalls Erinnerungen in ihr: In einem Auto durch die Straßen zu fahren, bedeutete nichts anderes als eben dies: sich erinnern. Der Stadtteil hieß Shoreditch.

Amanda, ihre Freundin und Gastgeberin in London, kam zur Begrüßung herunter auf die Straße. Sie umarmte Emilia liebevoll, küsste sie auf beide Wangen und half ihr, den Koffer durch einen schäbigen Flur bis zu einem

Lastenaufzug zu ziehen. Amanda hatte sich verändert. Sie schien stolz darauf zu sein, in einem etwas anrüchigen Viertel zu wohnen.

»Was für eine Überraschung, Emilia, und was für eine Freude, dich zu sehen.« Der Aufzug knirschte und knarrte und Amanda lächelte. »Keine noble Gegend, aber wir wohnen ganz nett, du wirst sehen.«

Als Emilia die Wohnung betrat, war sie sogleich von den weißen Wänden, dem Boden aus gehobelten Brettern und den hohen Fenstern eingenommen. Der Raum war groß, fast wie ein Saal, und die offene Küche auf der gegenüberliegenden Seite war mit Geräten und Schränken aus Chromnickelstahl ausgestattet.

»Es ist wunderschön hier«, sagte Emilia und Amanda führte sie in einen Winkel, wo eine Matratze auf dem Boden lag.

»Das ist dein Bett. Ich muss noch was einkaufen gehen. Ruh dich inzwischen aus. Wenn du was zu waschen hast« – sie deutete auf eine Tür –, »im Badezimmer findest du die Waschmaschine und den Wäschetrockner.«

Nachdem Amanda weggegangen war, streckte sich Emilia auf der Matratze aus. Sie war immer noch erstaunt über die vielen Erinnerungen, die seit ihrer Ankunft in dieser Stadt über sie hereingebrochen waren. Plötzlich spürte sie ein leichtes Schaudern, eine trübe Vorahnung wie von Tod.

Am Abend kochte Amanda etwas zu essen, während sie Emilia von ihrem Verlobten und vom Leben in London erzählte. Sie setzten sich an einen langen einfachen Holztisch. Amanda sagte, sie sei zufrieden, ihre Zelte in Guatemala abgebrochen zu haben. Zufällig sei sie dort geboren, aber sie habe sich für ein Leben in London entschieden. Emilia hatte den Eindruck, dass Amanda diejenigen verachtete, die in Guatemala leben wollten. Anscheinend war sie der Meinung, dass dafür nur ein niedriger Beweggrund in Frage kam, Trägheit oder Habsucht, oder einfach nur fehlende Sensibilität.

Tom, ihr Verlobter, war Dichter und Englischlehrer an einer Sprachschule in der Oxford Street. An der Kühlschranktür war mit einem Magnet ein Foto von ihm angeklemmt, Kopf und Oberkörper, er bemühte sich gerade, eine Flasche Sekt zu entkorken.

»Er ist sehr amüsant, ein bisschen zynisch«, sagte Amanda.

Amanda studierte Psychologie. Sie arbeitete an ihrer Dissertation und nach der Promotion wollte sie als Studienberaterin für irgendeine Universität arbeiten. Sie hatte große mandelförmige Augen hinter ihrer randlosen Brille und ein gewinnendes Lächeln.

»Aber du hast noch gar nichts von dir erzählt«, sagte sie, während sie zwei Flaschen mexikanisches Bier aus dem Kühlschrank holte. »Was genau willst du hier machen? Bist du aus einem speziellen Grund nach London gekommen?«

»Ja.« Emilia fragte sich, ob Amanda mit Luciens Namen etwas anfangen konnte oder gar ein Buch von ihm gelesen hatte. »Ich will Bekannte besuchen. Sie wohnen nicht hier in London, aber ziemlich nahe, in Essex.«

»Ah, sehr gut. Engländer?«

Emilia sah mit Befremden, wie sich Amandas Miene aufhellte, als sie die Frage bejahte; ihre Gastgeberin war offenbar erleichtert, weil die Freunde ihrer Freundin Engländer waren und nicht Guatemalteken.

»Darf man wissen, wer sie sind?«

»Ein Ehepaar, das ich in Guatemala kennen gelernt habe. Er schreibt Romane und Reisebücher, er hat ziemlich originelle Ansichten. Aber ich fürchte, er ist nicht sehr bekannt. Lucien Leigh. Sagt dir der Name etwas?«

»Nein. Du weißt schon, ich lese fast nur Fachbücher, die ich für meine Arbeit brauche. Für alles andere bringe ich kaum noch Lust und Energie auf.«

»Klar.« Emilia fühlte sich plötzlich wieder erschöpft.

»Du bist ja todmüde«, sagte Amanda. »Willst du nicht schlafen gehen? Ich werde dir das Wasser einlassen.«

Barfuß, auf leisen Sohlen lief sie auf den Holzdielen ins Badezimmer. Emilia blieb sitzen. Sie machte einen tiefen Zug aus der Bierflasche, dann legte sie den Kopf auf den Tisch und schlief sofort ein. Aber das Wasserrauschen in der Wanne weckte sie. Ich werde ihr nichts erzählen, schwor sie sich. Amanda würde es nicht kapieren.

1

Emilia warf ihre nassen Haare vor und zurück, dann stieg sie aus der Badewanne. Ihre Haut, die wegen der Seife nach Minze duftete, dampfte ein wenig. Im großen Zimmer hatte es sich Amanda auf dem Sofa bequem gemacht, blätterte in einem Comicbuch und trank eine Tasse Tee. Sie schenkte auch ihrem Gast Tee ein und dann, als Emilia schon mit angezogenen Beinen am anderen Ende des Sofas saß, zündete sie sich eine Marihuanazigarette an und reichte sie der Freundin.

»Rauchst du?«

»Hin und wieder.« Emilia hatte schon seit Jahren kein Marihuana mehr geraucht und deshalb war sie jetzt vorsichtig.

Der Rauch, den sie einzog, versetzte sie jäh in die Vergangenheit: Aber es waren keine angenehmen Erinnerungen wie die von Proust erfundenen. Sie wurden durch den Hanf wachgerufen und es war schwer für sie, Einbildung und Wirklichkeit auseinander zu halten. Möglicherweise erinnere ich mich an Träume, dachte sie. Das Meer war nahe.

Amanda sprach zu ihr. Ihre ein wenig spröde Stimme, die von weit her zu kommen schien, erzeugte eine ganz leichte Änderung der Farbtöne und auf einmal verwandelte sich die Umgebung. Sie war nicht mehr in Guatemala, am Meer, sondern in einem modernen Londoner Loft. Und seit Ernestos Tod war sie nicht mehr die, die sie einmal gewesen war. Erzähl ihr bloß nichts, sagte sie wieder zu sich selbst. Vielleicht war es keine gute Idee, die Leighs zu besuchen. Sie fragte sich, was Óscar ihnen wohl gesagt hatte. Er war etwas betrunken und bekifft gewesen und hatte grundlos gefeuert.

»Willst du schlafen gehen?«

»Nein, nein.« Zuvor, dachte sie, musste sie ganz nach

London zurüchkehren. »Wartest du auf … wie heißt er noch?« Sie lachte und legte eine Hand auf die Stirn.

»Tom«, sagte Amanda. »Mein süßer Tom.«

Emilia war wieder ganz da.

»Du hast großes Glück«, sagte sie.

Amanda betrachtete sie neugierig. Früher oder später musste sie die Frage loswerden:

»Was ist aus dem Typ geworden, mit dem du verlobt warst?«

»Es hat zwischen uns nicht geklappt«, antwortete Emilia.

Amanda verzog das Gesicht und Emilia spürte, dass sie ihre Gedanken gelesen hatte.

»Er war ein Schwein«, gestand sie.

»Alle sind es, der eine mehr, der andere weniger.«

Emilia dachte nach.

»Das müsste man vielleicht ausdiskutieren, denn in diesem Fall verstehst du anscheinend nicht die ganze Tragweite des Begriffs.«

Amanda lachte.

»Das Marihuana bekommt dir nicht schlecht«, sagte sie.

Dann schwiegen sie, dachten an verschiedene Dinge und hatten nicht das Bedürfnis, sich zu unterhalten.

»Gute Nacht«, sagte Amanda. Sie stand auf, beugte sich vor, um Emilia einen Kuss zu geben, und nachdem sie die Lichter gelöscht hatte, verschwand sie hinter einer spanischen Wand auf der gegenüberliegenden Seite des großen Zimmers.

Emilia merkte, dass sie nur zwei oder drei Schritte machen musste, um sich auf die Matratze auf dem Boden fallen lassen zu können. Sie tat es und der Raum verwandelte sich in ein seltsames Schlafzimmer. Wie oft hatte sie sich nachts einzureden versucht, dass sie es unmöglich hätte verhindern können … Vielleicht hätte sie Óscar anzeigen sollen, aber Ernesto war sofort tot gewesen und ihrer Meinung nach hatte man nichts weiter tun können. Jetzt war sie nicht dieser Meinung. Sie drehte sich zu einer unbekannten Wand.

11

Am nächsten Morgen, im Zug, an dessen Fenstern giftgelbe Rapskulturen und große grüne Weizenfelder vorüberzogen, erinnerte sich Emilia zärtlich, wenn auch undeutlich und wie aus großer Entfernung, an Ernesto. Dummer Junge, dachte sie.

Nina holte sie mit dem Auto vom Bahnhof ab und auf der Fahrt nach Fernchurch begann das, was für Emilia einem langen und unangenehmen Verhör gleichkam, eine Aussprache, die sie zugleich ersehnt und gefürchtet hatte.

»Ich hab es nicht verhindern können«, sagte sie.

Nina hielt vor dem alten Pfarrhaus.

»Da sind wir. Lucien wird oben in seinem Arbeitszimmer sein.« Sie zog die Handbremse an und das Auto kam mit einem Knirschen gänzlich zum Stehen. »Er muss morgen die Rezension eines Buches abliefern, das er noch nicht fertig gelesen hat.«

Emilia stieg aus und ging um das Auto herum. Sie atmete tief ein. Die Luft roch würzig, nach Frühling in England.

»This way, dear.«

Sie betraten das Haus.

»Die Balken an der Decke sind noch original, fast fünfhundert Jahre alt.«

Das große, kaum möblierte Vorzimmer war mit Stoffen aus Kolumbien, Venezuela, Guatemala und Panama geschmückt.

»Stell den Koffer hierher. Dein Zimmer ist oben, ich zeig es dir nachher.«

Sie gingen in ein behagliches, ebenfalls sparsam möbliertes Zimmer. Emilia schaute sich um. Noch nie hatte sie sich an einem fremden Ort körperlich derart wohl gefühlt. Sie fragte sich, ob das nicht auch an den indianischen Kunstgegenständen lag, die sie in dem alten Pfarrhaus vorfand. Das Wort Harmonie und das Wort Güte kamen ihr in den Sinn, es war, als hätten sie in diesem Zimmer endlich zueinander gefunden. Hier, dachte sie flüchtig, könnte man glücklich sein, auch wenn man in Europa wäre.

»Was willst du trinken?«

Emilia folgte ihrer Gastgeberin in die Küche, wo auf der Anrichte Kohl- und Salatköpfe und ein Laib Brot lagen. Nina holte Eiswürfel aus dem Kühlschrank, gab sie in ein Glas, goss Whisky ein.

»Kann ich dir beim Kochen helfen?« fragte Emilia.

»Kommt nicht in Frage. Setz dich ins Wohnzimmer. Lucien wird gleich runterkommen. Das hier ist meine Sache.« Sie band sich eine Schürze um und schob Emilia samt ihrem Glas Whisky sanft zur Tür.

Die Holzbohlen knarrten. Von ihrem Sessel aus hörte Emilia, wie Lucien von einem Zimmer ins andere ging und dann die Stiege herunterkam. Er wird alles verstehen, sagte sie sich. Es wäre sinnlos gewesen, Óscar anzuzeigen. Es war ein Unfall.

Lucien trat in das Zimmer und sie erhob sich trotz seiner abwehrenden Handbewegung.

»Ah, du hast schon was zu trinken. Ich werde deinem Beispiel folgen«, sagte er und ging zur Küche. »Ich bin gleich zurück.«

Emilia trank einen Schluck. Jetzt war sie nervös und sie hatte auch ein wenig Angst. Wenn ich darauf aus gewesen wäre, alles zu vergessen, dachte sie, hätte ich nicht hierherkommen dürfen.

Als Lucien aus der Küche zurück war, setzte er sich, ein Glas Whisky in der Hand, zu Emilia und sie begann zu erzählen.

Nach einer Weile unterbrach er sie:

»Óscar war verrückt.«

Das hatte sie hören wollen und deshalb fragte sie: »Glauben Sie wirklich?«

»Ich weiß es. Was ist mit Ernesto geschehen?«

»Er war auf der Stelle tot. Er hat kaum geblutet.« Lucien hörte unbewegt zu, mit einer so großen Aufmerksamkeit, dass es ihr leicht fiel, in ihrem Bericht fortzufahren.

»Arturo hat Óscar geholfen, die Leiche wegzubringen. Sie haben Ernesto nach Villalobos gebracht. Dort haben sie ihn bei der Brücke liegen lassen, ohne seine Papiere.«

»Aber irgendwer hat ihn identifiziert?«

»Ja, seine Eltern.«

Lucien hob die Brauen und sagte:

»Vollkommen unnötig. Und du mitten drin.«

Das Schlimmste war gesagt. Jetzt berichtete Emilia, was die drei Männer beim Abhören der Kassetten herausgefunden hatten. Lucien sagte:

»Also Opium haben sie transportiert. Das hab ich mir schon gedacht. Oder Kokain. Wenn nicht, wozu hätten sie dann ein Boot gebraucht. Nina dachte, sie würden Leichen wegschaffen. Ich muss es ihr erzählen.«

»Im Moment hat es den Anschein, dass das alles vorbei ist. Die Armee hat sich fast aus dem ganzen westlichen Hochland zurückziehen müssen.«

»Oh«, sagte Lucien mit einem belustigten, vielleicht auch ein wenig boshaften Unterton. »Und wohin hat man sie dann geschickt? Auf den Mond? Und du, wirst du nach Guatemala zurückkehren?«

Die Frage kam ihr eher wie ein Befehl vor.

»Ich hab keine rechte Lust.«

»Dann lass es doch bleiben«, sagte er freundlich. »Was würdest du stattdessen machen?«

»Das frag ich mich auch. Ich weiß es nicht.«

»Du wirst zurückkehren.«

Als sie um den Tisch saßen und Lucien beim Tranchieren eines Huhns zusahen, sagte Nina zu Emilia, dass sie doch nicht sofort zurückzufahren brauche, für einige Zeit könne sie bei ihnen bleiben und Emilia dachte, das alles ist einfach unglaublich, schon fühlte sie sich diesem Haus zugehörig, glücklich bei zwei Menschen, die sie kaum kannte.

»Ich glaube, das ist eine gute Idee, Nina«, sagte Lucien und wandte sich an Emilia. »Bleib hier.«

Und Nina fügte hinzu:

»Ja. Ein paar Tage. Du wirst hier bleiben.«

Aber im Bett, vor dem Einschlafen, dachte Emilia, dass es für sie kein Leben in England geben würde, dass das nur Ferien waren, dass die Entscheidung gefallen war und, dass sie zurückfahren würde.

IV

Nachdem sie fünf Tage bei den Leighs verbracht hatte, war Emilia nach London zurückgekehrt und von dort nach Paris gefahren. Sie hatte ihren Entschluss umgestoßen und sich in der französischen Hauptstadt niedergelassen und obwohl sie anfangs der Meinung war, dass diese Wahl ihr Mut und sogar moralische Kühnheit abverlangt hatte, merkte sie später, dass sie sich für die bequemste Lösung entschieden hatte. Denn das Leben war ihr in Paris sehr leicht und angenehm gefallen. Sie glaubte, dass ihre Entscheidung, in Europa zu bleiben, Lucien ein wenig enttäuscht hatte, aber sie hatte nicht gedacht, dass er fähig sein würde, ihr dieses unbestimmte Gefühl von persönlichem Versagen zu vermitteln, das sie jetzt spürte. Seit neun Monaten lebte sie nun in Paris und bis zu ihrer Rückkehr nach Guatemala wollte sie noch ein ganzes Jahr verstreichen lassen. Sie hatte eine hübsche Wohnung, die sie nichts kostete, und es wäre schade, diese Gelegenheit nicht zu nutzen. Und sie hatte die greise Wohltäterin, die in einem Jahr vielleicht nicht mehr da sein würde und den Freund, der Musiker war und das lustige Mädchen, das Bildhauerin war und die Tänzerinnen, die sie großzügig in ihren Freundeskreis aufgenommen hatten und es wäre schmerzhaft, sie alle so bald zu verlassen. Aber hin und wieder spürte Emilia eine Art Beklommenheit, die sich irgendwie mit der Tatsache verband, dass sie in Europa war.

Letzte Nacht – erinnerte sie sich, während sie die Seine auf der Pont du Carrousel überquerte – hatte sie von Lucien geträumt und es war etwas Besonderes, als hätte sie allmählich, trotz der Entfernung, eine übertriebene Zuneigung zu dem alten Mann gefasst. Sie beeilte sich, denn ein kühler Wind wehte über dem Fluss und rief sich ihren Traum in Erinnerung: Sie war Lucien durch einen hellen Flur aus gebeizten Brettern gefolgt. Er war langsam gegangen und hatte einen Tennisschläger in der Hand gehalten. Und während sie sich im Traum gesagt hatte, dass er ein guter Verlierer sei, hatte sich der Schläger in eine zweiläufige Flinte verwandelt.

Am Abend kehrte sie mit einem Gefühl der Unzufriedenheit in ihre Wohnung zurück, die sich in der Nähe der Kirche Notre-Dame de Nazareth befand. Sie spürte ein kleines hartes Korn unter der Zunge und einen bitteren Geschmack im Gaumen. Am nächsten Morgen rief sie nach England an. Nina hob ab:

»Oh, it's you, of all people.«

Emilia erschrak und fragte, ob etwas Schlimmes geschehen sei.

»Ja, ich fürchte schon. Lucien. Er ist in Guatemala, ich weiß nicht genau, wo. Aber ich glaube, er hat Probleme.«

»Was für Probleme?«

»Ich bin mir nicht ganz sicher. Aber sag, meine Liebe, könntest du nicht kommen?«

Zwei Stunden später stand Emilia mit einem Koffer auf der Straße und wartete auf ein Taxi, das sie zum Gare du Nord bringen sollte.

Auf den Wiesen in England blühten wieder die Blumen und ein Geruch nach Heu, Hundescheiße und Raps lag in der lauen Nachmittagsluft. Nina, die Emilia vom Bahnhof abgeholt hatte, war sichtlich nervös.

»Ich hab den Radioapparat benutzt, um seiner Route zu folgen«, sagte sie während der Fahrt ins Dorf, »aber vor drei Tagen habe ich jeden Kontakt verloren. Wie ich dir schon gesagt habe, ist er allein gefahren. Ich habe darauf bestanden, dass er mir wenigstens die Frequenzen aufschreibt. Ich habe ihm versprechen müssen, nichts auf Band aufzunehmen, außer er bittet mich darum.« Sie blickte durch den Rückspiegel. »Gestern Abend habe ich das Signal wieder gefunden. Deshalb war ich auch so überrascht, als du mich angerufen hast. Ich bin in Sorge, weil seine Stimme nicht mehr zu hören ist. Aus diesem Grund habe ich die letzten Gespräche aufgezeichnet. Mir ist es notwendig erschienen. Aber meine Spanischkenntnisse reichen nicht aus. Ich weiß nicht, was eigentlich los ist.«

Sie waren in Fernchurch angekommen.

»Du weißt schon, wo dein Zimmer ist.«

Sie traten in das Vorzimmer. Emilia ging durch den Flur zur Stiege. Aus dem Arbeitszimmer im ersten Stock drangen seltsame Töne: ein Gemisch aus statischen Entladungen, Rauschen, Quaken und Zirpen. Dort drüben ist es noch Nacht, sagte sich Emilia: Sie stellte sich eine dunkle, samtartige Landschaft mit silbernen Konturen vor.

V

Es war Vollmond, als Lucien Leigh aus Dangriga kommend im Hafen von Lívingston eintraf. Das Motorboot, das von einem Garífunajungen gesteuert wurde, legte an der Betonmole an und die Passagiere gingen von Bord und zerstreuten sich. Lucien, der als Letzter ausgestiegen war, unterhielt sich kurz mit Don Calixto Corman, einem ortsansässigen Bootseigner, während das Boot aus Belize vor der Mole kehrtmachte und wieder Kurs auf Punta Gorda nahm. Don Calixto war ein dunkelhäutiger kleiner Mann, der wie ein Tamile aussah. Lucien wollte von ihm wissen, wie viel er für die Fahrt zu einer Siedlung namens Las Delicias, am Oberlauf des Rio Dulce, verlangen würde. Don Calixto antwortete, er werde am nächsten Morgen ohnehin nach Las Delicias fahren, weil sich schon Leute dafür angemeldet hatten, also könnte Lucien sich ihnen anschließen und er würde ihm nur die Rückfahrt berechnen. Sie vereinbarten die Abfahrtszeit und gaben sich die Hand. Leigh schulterte seinen Rucksack und ging langsam die Dorfstraße hoch, begleitet von einer Schar Kinder, die ihm unbedingt ein Nachtquartier vermitteln wollten. Geduldig wiederholte er, dass er schon ein Zimmer reserviert habe und sein Hotel allein finden werde, aber da die Kinder ihn weiterhin bedrängten, drehte er sein Hörgerät zurück und nahm nun weder ihre Stimmen wahr noch die schrille religiöse Hymne, die bis in den Hafen hinunter zu hören gewesen war und an Lautstärke immer mehr zugenommen hatte, je näher er der Dorfmitte gekommen war. Lucien hörte auch nicht das Quaken der Frösche, die er dann und wann neben der ansteigenden, an Brachland entlangführenden Straße hüpfen sah.

Er schwitzte, aber er war glücklich, hier zu sein. Die Tatsache, dass er das jetzige Glücksgefühl von jenen anderen nicht zu unterscheiden vermochte, die er zu fernen Zeiten, an fernen Orten empfunden hatte, konnte bedeuten, dass das Glück außerhalb der gewöhnlichen Zeit existiert, dass es einer anderen Dimension von Zeit angehört. Aber das waren bloß Wörter, die er im Geist aneinander gereiht hatte, nichts greifbar Nahes wie sein Glück hier und jetzt, beim Gehen auf der Straße, vorbei an den alten Holzhäusern, die nicht von Gespenstern, sondern von wirklichen Menschen bewohnt wurden, oberhalb des dunklen unbebauten Geländes, und er hatte die Kinder hinter sich gelassen.

Die Nacht hier war schwärzer als eine Nacht in England. Wieder einmal ging Lucien dieser Gedanke durch den Kopf, als er aus dem kleinen Fenster seines heißen, feuchten Zimmers im zweiten Stock des Hotels Izabal schaute. Er hatte das Hörgerät ausgeschaltet und in einen Keramikaschenbecher gelegt. Er stellte sich die nächtlichen Geräusche vor. Die kleinen schwarzen Blätter am Baum im Garten gegenüber, die Tauben auf den verrosteten Blechdächern, die tiefen Regenwolken, die ihre schwere Last gleich fallen lassen würden: Alles murmelte. Die Feuchtigkeit war mit den Fingern zu greifen und als er sich aufs Bett legte, merkte er, dass die Laken einen starken Modergeruch verströmten. Andere Nächte waren in diesem Zimmer: eine längst vergangene Nacht in Havanna, eine vietnamesische Nacht, nicht ganz so fern, eine englische, uralt, aus der Zeit vor dem Krieg. Er schloss die Augen und sah, hinter seinen Lidern, den roten Kopf eines Königs der Geier.

Am nächsten Morgen machte er einen Spaziergang durch das Dorf – vorbei an der ehemaligen Eisfabrik, des ersten Industriebetriebes der Ortschaft, dann am Postamt und am alten Gericht, an den Diskotheken, am Friedhof und an den Kneipen –, ehe er hinunter zum Hafen wanderte. Die abschüssige Straße, die noch kühle Luft, die Klarheit der von seinem wundersamen Hörgerät verstärkten Töne – das alles rief bei ihm ein sonderbares Déjà-vu hervor: die lebhafte Erinnerung, nicht an irgendeine spezielle Wahrnehmung – dachte er –, sondern an einen Zustand oder eine Art des Wahrnehmens.

Er wusste, dass es flussaufwärts, bei Las Delicias, eine Herberge gab, deren Besitzer ihm Auskunft über jenes außergewöhnliche Waisenhaus geben konnte, von dem er gehört hatte. Während der Bootsfahrt auf dem tiefen jadefarbenen Fluss, zwischen den dicht bewaldeten Steilhängen, verwandelte er sich in den klassischen Typus des liebenswürdigen und kontaktfreudigen Touristen, der Flora und Fauna und die rötlichen Schleierwolken bestaunt. Als sie die Stelle erreichten, an der sich der Fluss zum Becken des Golfete weitete, stand die Sonne schon hoch am Himmel. Die Hitze und das eintönige Vibrieren des Motors machten ihn schläfrig. Er betrachtete beide Ufer, die jetzt flach und breit waren, verglich die Hügel auf der rechten Seite mit einer halb im Schlamm versunkenen Elefantenherde und die schiefe Ebene des Cerro de San Gil zu seiner Linken mit dem Höhenkamm einer Welle. Dann lehnte er sich auf seinem Sitz zurück, schaltete das Hörgerät aus und schlief ein.

Lucien erwachte erst, als das Boot bereits in die Bucht der Herberge einlief, die hinter den Jachten und Segelschiffen versteckt lag.

»Wo sind denn die anderen?« fragte er, weil außer ihm und dem Bootseigner niemand mehr an Bord war.

»Ich hab sie am anderen Ufer abgesetzt, in Tijax.« Don Calixto zeigte auf einen riesigen Bogen aus Beton, eine moderne Brücke, die sich brutal über den Fluss spannte. »Nur Sie steigen hier aus.«

Es kostete Lucien etwas Mühe, vom schwankenden Boot aus den Anlegesteg der Herberge zu erklimmen.

»Ich werde hier Mittag essen«, sagte er zu Don Calixto. »Am Nachmittag würde ich mir gern noch ein paar andere Siedlungen ansehen und dann nach Lívingston zurückkehren, auch wenn es schon dunkel sein sollte. Glauben Sie, das ist möglich?«

Don Calixto nickte. Er sagte, er werde ihn gegen drei abholen.

Das Restaurant der Herberge war ein offener Pfahlbau mit einem Dach aus Palmblättern und ging auf einer Seite direkt in den Dschungel über, wo sich auf dem schlammigen Boden muskulöse Garnelen festgesetzt hatten und weiter oben Lianen und Schlingpflanzen einen dichten Vorhang bildeten. Lucien fragte nach Rodolfo Bucarán, dem Besitzer von Aj Tuul. Er sei gerade nicht da, sagte die Verwalterin, eine junge Frau aus Kanada. Sie schickte einen Australier als Führer einer Touristengruppe auf einen Rundgang durch die Kautschukpflanzung und das Stück Urwald hinter der Herberge. Dann brachte sie Lucien eine Flasche Bier und bot ihm an, es sich bis zum Eintreffen Bucaráns in einer der Hütten bequem zu machen. Inzwischen wollte sie einkaufen fahren und dann etwas kochen.

Sie begleitete ihn zu einem anderen Gebäude, das auch nach allen Seiten hin offen und, wie an der Küste üblich, auf Pfeilern errichtet worden war. In ihm standen vier große, offensichtlich bequeme Betten. Ebenso viele Engel aus weißer Gaze, die an unsichtbaren Fäden an den Tragbalken des Daches festgemacht waren, hingen mit gefalteten Flügeln, kantig und gütig, über den Betten.

Lucien streckte sich auf einem der Betten aus. Er erinnerte sich ohne schlechtes Gewissen an den Genuss, den er verspürt hatte, als er gegen den Willen seiner Frau zu dieser Reise aufgebrochen war. Er hatte sich von zu Hause davonstehlen müssen, aus Angst, sie würde ihn nicht gehen lassen. Nicht einmal in London hatte er es gewagt, Nina zu verständigen. Erst von Panama aus hatte er sie angerufen, um ihr sein Verhalten zu erklären. »Wie konntest du mir das antun?« – »Es tut mir leid. Ich musste es tun.« – »Aber Lucien, es könnte eine Falle sein. Komm zurück, bitte.« – »Nein, Nina, das kann ich nicht.«

Er nahm das Hörgerät aus dem Ohr und legte es in die Mulde auf seiner Brust. Statt zu schlafen, dachte er nach. Wahrscheinlich war das, was er über das Waisenhaus gehört hatte, nichts weiter als ein haltloses Gerücht. Eine solche Einrichtung konnte unter den gegebenen Umständen – von Wasser, Sumpf und Dschungel umgeben und von einer ehemaligen Bordellbesitzerin aus Honduras verwaltet – leicht in Verruf geraten.

Als er hörte, dass das Essen fertig sei, ging Lucien hinunter zum Speisesaal. Bucarán, ein korpulenter Mann mit grauem Haar, setzte sich mit der für einen Wirt typischen Unbefangenheit zu ihm an den Tisch.

»Es ist mir eine besondere Freude, Sie hier zu haben«, sagte er. »Ich habe erst kürzlich ein paar von Ihren Büchern gelesen.« Er blickte um sich: der Urwald, das grüne Wasser. »Diese Gegend und die Dinge, die sich hier zutragen, könnten ohne weiteres in einem Ihrer Bücher stehen.«

Lucien lächelte ein wenig gezwungen.

»Sagen Sie es mir, wenn ich Ihnen irgendwie behilflich sein kann, ja?« Bucarán legte ihm mit einer fast kindlichen Vertraulichkeit eine Hand auf den Arm und stand auf. »Wir sehen uns später.«

Die Kanadierin brachte die Speisekarte. Leigh bestellte Fisch und Salat. Er hatte fast zu Ende gegessen, als Bucarán wieder an seinen Tisch kam.

»Haben Sie schon das Waisenhaus gesehen?« fragte er.

»Noch nicht.«

»Sind Sie deshalb gekommen?«

»Unter anderem.«

»Die Frau, die es leitet, heißt Adelle Guillon. Ich kann Sie mit ihr bekannt machen, wenn Sie wollen. Sie ist Französin. Sehr attraktiv.«

Don Calixto holte Lucien zur vereinbarten Zeit ab, aber zum Leidwesen des Engländers war er nicht allein, sondern hatte zwei französische Touristen an Bord, ein ungewöhnlich lästiges Paar, das bei Lucien einen Anfall von Ungeduld auslöste. Er war diese hormonalen Gefühlsattacken gewohnt. Man musste warten, bis sie vorüber waren. Er wusste, dass sich die Tiergesichter von Mann und Frau – ein Fischotter, eine weiße Maus – dann wieder in menschliche Gesichter verwandeln würden.

Nach dem Anwesen Vuelve Mujer, wo eine weiße Hütte am Ufer klebte, zwischen dem glatten schwarzen Wasser und der üppigen Vegetation des Dschungels, befand sich El Hogar, das Kinderheim. Das Boot nahm Kurs auf einen der Anlegestege.

»Aber dahin wollen wir doch gar nicht«, sagte der Franzose.

»Ach so?« erwiderte Don Calixto und Lucien fand seine listige Art ziemlich sympathisch. »Dann müssen Sie das andere Waisenhaus gemeint haben, weiter flussabwärts, das der Gringos. Ich bring Sie nachher hin.«

Während Lucien vorsichtig von Bord ging, diskutierten die Touristen mit Don Calixto immer noch in Begriffen wie Entfernung, Zeit, Treibstoff, Geld.

In der Mitte des Steges blieb Lucien einen Augenblick lang stehen und bewunderte das Boot von El Hogar. Es war der Typ des Schnellbootes, der dazu beigetragen hatte, die Machtstrukturen unter den Schmugglern an den Küsten Zentralamerikas zu verändern. In Mexiko von japanischen Ingenieuren entworfen, konnte dieses Glasfiberboot mit fünfundzwanzig Fuß Kiellänge, das wegen seiner Bugwölbung an eine arabische Feluke erinnerte, in weniger als zehn Stunden mit einer Ladung von zweitausend Pfund oder zwanzig Personen die Strecke zwischen den Städten Belize und Panama zurücklegen. Damit war die statische Welt der Objekte, in der die Zeit nicht existierte, auch hier von der beweglichen Welt der Menschen erfasst worden, deren Wesen die Zeit war.

Unter der prallen Sonne, so müde, wie man nur in den Tropen müde sein konnte, wünschte sich Lucien, dass er diesmal einer falschen Spur folgte. Dass die ehemalige Bordellwirtin rechtschaffen wäre, dass es sich bei den Ausländern, die als Freiwillige hier arbeiteten, um redliche Leute handelte, dass die Kinder, die hier aufwuchsen, nicht irgendwelchen Missständen zum Opfer fielen.

Ein Steg aus Brettern führte unter Bäumen zu den Büros. Von dort konnte man eine kleine Bucht überblicken, an der sich der große Anlegesteg befand. Vom Wasser her drang ein seltsames Geräusch, eine Art Schnattern, und Lucien sah am Ende des anderen Steges eine Schar Kinder. Sie hüpften lachend um einen Mann herum, der auf dem Boden kauerte und dieses Schnattern erzeugte. Es war ein junger Ausländer mit geschorenem Kopf und grauen Augen.

Plötzlich drehte sich ein Mädchen um, hob seine kleine Hand und rief: »Hola!«

»Hola!« Auch Lucien hob die Hand, langsam, und grüßte zurück.

Der junge Mann fragte ihn auf Spanisch, mit einem ausgeprägten deutschen Akzent, wen er denn suche.

»Ich würde gern mit Fräulein Guillon sprechen«, antwortete Lucien.

Der Deutsche sagte, er brauche nur auf dem Holzsteg weiterzugehen, dann werde er direkt auf das Haus mit den Büros stoßen. »Aber ich glaube, Adelle ist nicht da.« Das älteste Kind, ein Junge, sagte zu den anderen mit einem theatralischen Flüstern:

»Gehen wir uns sein Boot anschauen.« Gefolgt von den anderen, lief er auf den Binsen des Steges dorthin, wo er Luciens Boot vermutete.

Der Schuppen, in dem die Büros untergebracht waren, stand etwas erhöht, auf Betonpfeilern. Lucien stieg die Stufen hoch und rief:

»Guten Tag! Ist da jemand?«

Durch das dunkle Moskitonetz antwortete ihm eine Frauenstimme:

»Ja. Kommen Sie rein.«

Die junge Frau stand an einem einfachen Tisch, der ihr als Pult diente, und war damit beschäftigt, Papiere zu ordnen. Als sie aufblickte, sah Lucien, dass sie ein fröhliches Gesicht und lebhafte Augen hatte. Ihre Haut war von der Stirn bis zu den Schultern mit einem Schweißfilm bedeckt und auf ihrer Oberlippe hatte sich ein Bogen aus kleinen Schweißtropfen gebildet.

»Ja?« sagte sie. Ihre Stimme war leise und angenehm.

»Ich wollte Adelle Guillon sprechen«, sagte Lucien. »Ist sie da?«

»Sie ist eben weggegangen. Kann ich Ihnen helfen?«

»Ich wollte mich über Ihr Projekt informieren, Fräulein Guillon in diesem Zusammenhang ein paar Fragen stellen. Aber ich kann ein andermal wiederkommen.«

»Wenn Sie wollen, kann ich Ihnen die Anlage zeigen. Es gibt nicht viel zu sehen. Ich bin gleich fertig.«

Lucien sagte, dass er warten werde, ging hinaus in den Flur und stieg wieder die Stufen hinunter.

Am Fuß der Stiege, wo zwei Hunde ohne Fell im Schatten der Pfeiler schliefen, konnte er ihre Schritte vernehmen. Er hörte, wie sie zu sich selbst sagte: »Die haben mir vielleicht eine Unordnung hinterlassen.« Er hob eine Hand zu seinem Ohr, nahm das Hörgerät heraus und klemmte es zwischen zwei Holzbretter. Er steckte sich eben ein anderes Hörgerät ins Ohr, als die junge Frau das Büro verließ und schnell die Stufen herunterkam.

Während des Rundgangs durch die Anlage, die ganz im Schatten der Bäume lag, erfuhr Lucien, dass die freiwillige Helferin Encarnacion hieß und Spanierin war, aus Mendavia. Von den mehr als neunzig Kindern, die hier lebten, sei nur eines zur Adoption freigegeben, sagte sie. Alle anderen seien gar keine richtigen Waisenkinder, sondern stammten aus Problemfamilien. In den meisten Fällen habe irgendein Jugendgericht ihre Einlieferung angeordnet. Die Zentrale von El Hogar befinde sich übrigens in der Hauptstadt.

»Dann sind die Kinder also gar nicht von hier«, sagte Leigh.

»Nein. Ein paar aus der Umgebung gehen hier zur Schule, aber sie wohnen nicht bei uns.«

Sie kamen zu einem Schuppen, der L-förmig gebaut war. Die Wände waren weiß gestrichen und mit bunten Abdrücken von Kinderhänden verziert.

»Das ist die Schule und dort die Bibliothek.«

An die Wände der Bibliothek waren Häuser und Bäume und Vögel gemalt.

»Wir haben auch Bücher für Erwachsene, auf Englisch, Französisch und Deutsch. Ich finde hier immer was zum Lesen.« Sie lächelte.

Die neun ehrenamtlichen Mitarbeiter, die sich um die kleinsten Kinder kümmerten, waren Ausländer. Zurzeit arbeiteten fünf Nordamerikaner, zwei Französinnen, ein Australier, ein Deutscher im Heim. Nur sechsundzwanzig Kinder waren unter acht Jahre alt, sodass sie ziemlich individuell betreut werden konnten. Encarnacion hielt die große Fluktuation der freiwilligen Helfer für einen Nachteil, einige blieben nur zwei oder drei Wochen, was bei den Kindern für einige Verwirrung sorgte.

»Ich weiß nicht, ob das ideale Voraussetzungen sind«, sagte sie, »aber besser als nichts ist es auf jeden Fall.«

Lucien schloss sich ihrer Meinung an. Er vermutete, dass die Kinder lieber hier waren als eingesperrt in irgendeinem Betonklotz in der Hauptstadt. Außerdem beeindruckte ihn die Uneigennützigkeit, mit der Encarnacion etwas von ihrer Zeit und Liebe opferte. Wenn junge Leute wie sie – die Frau konnte nicht älter als zwanzig sein – bereit waren, ihre Ferien in einer von Malaria verseuchten Gegend bei armen Kindern zu verbringen, was sollte daran schlecht sein?

Jetzt bereute er es, das Hörgerät vor dem Büroschuppen versteckt zu haben. Vielleicht fand er einen Anlass, um es heimlich wieder mitzunehmen.

»Und was machen Sie mit den Problemfällen?«

Im Schatten der Mangrovenbäume schlenderten sie zum Fluss zurück. Encarnacion schob sich eine Haarsträhne aus ihrem schweißnassen Gesicht.

»Wir bemühen uns, sie auf Trab zu halten. Hier ist das nicht sehr schwer, denn wir haben viel Platz. Da können sie sich bis zur Erschöpfung austoben. Ich weiß nicht, was sie langfristig machen werden. Aber einige von ihnen brauchen natürlich mehr als nur eine Beschäftigungstherapie.«

Sie erreichten den Anlegesteg. Die beiden Touristen – der Fischotter und die weiße Maus – unterhielten sich mit dem deutschen Kahlkopf, während das Boot durch die kleine Bucht kurvte, voll beladen mit kreischenden, winkenden Kindern. Ihr Lachen und Lärmen verlieh dieser Nachmittagsstunde einen besonderen Reiz. Don Calixto hatte in diesem Fall weder an Benzin noch an Geld gedacht, sondern die Kleinen einfach nur einen Moment lang glücklich machen wollen. Aber die französischen Touristen hatten es eilig, sie gestikulierten schon, Don Calixto sollte sie endlich an ihr Ziel bringen.

Wieder die Ungeduld. Lucien wollte unter irgendeinem Vorwand zurück zum Büro, das Hörgerät holen und jetzt würden die Touristen sein Vorhaben vereiteln. Die Kinder kletterten nur widerwillig aus dem Boot.

»Sagen Sie Fräulein Guillon, dass ich vielleicht nochmal vorbeischaue. Und vielen Dank für die Führung.«

»Gern geschehen, Señior Leigh.« Sie reichten sich förmlich die Hände. »Also auf bald.«

Während die Ausländer an Bord gingen, ließ der Deutsche die Kinder in Reih und Glied Aufstellung nehmen. Dann riefen sie im Chor:

»Muchas gracias, señiores.«

»Lauter.«

Und die Kinder brüllten:

»Muchas gracias, señiores!«

»Lauter!«

»Muchas gracias, señiores!!«

Beim letzten Mal klang es wie Kriegsgeschrei.

VI

Es dämmerte schon, als Lucien und Don Calixto, die endlich allein geblieben waren, die Rückreise nach Lívingston, flussabwärts, antraten. Der Mond war noch nicht hinter den Wäldern aufgegangen, tauchte aber den Himmel in ein silbernes Licht, das sich im Fluss spiegelte. Das Land dagegen war schwarz, wie Kohlepapier, dessen Ränder von ungeübten Fingern abgerissen worden waren. Bei jeder Kursänderung glaubte Lucien, die Schatten von Tieren wahrzunehmen, die sich in rasch wechselnden Formen zwischen Firmament und Wasser duckten. Vor einer Flusskrümmung war am rechten Ufer eine Kröte zu sehen und von links her bäumte sich der dicke Leib einer Schlange, die schwer niederfiel, nach vorn schnellte und die Kröte auf einen Satz verschlang. Als sie in die Schlucht von La Baquilla einfuhren, wuchsen die Schatten ins Unermessliche und Lucien musste gegen die Vorstellung ankämpfen, der Himmel habe sich ihnen durch Flucht entzogen.

Endlich wichen die Felswände und der weite Horizont des Meeres tat sich auf und sein salziger Atem strich lau über ihre Gesichter.

In Lívingston blieb Lucien noch eine Weile an der Mole stehen, unter den Hafenarbeitern, und hörte einer Gruppe von sechs schwarzen Jugendlichen beim Musizieren zu. Neben mehreren konfiszierten Booten – dem Robalo, dem Free Spirit, dem Time Out … – lag vor dem Wellenbrecher ein altes Frachtschiff vor Anker, der Marcos Montero, und die jungen Schwarzen tanzten an Deck, wobei sie den Hohlraum unter den Brettern als Resonanzkörper nutzten. Im Rhythmus ihrer nackten Füße sangen sie, in tiefen, gut modulierten Tönen.

Plötzlich brachen die afrikanischen Kadenzen ab und die Halbwüchsigen, die sich rasend schnell in einem Gemisch aus Spanisch, Garífuna und Englisch unterhielten, machten derbe Scherze und lachten. Einer boxte den andern, immer mehr Hiebe setzte es, und auf einmal waren alle sechs verschwunden. Für sie war jenes Ritual, das den alten Mann an einen anderen Ort und in eine andere Zeit versetzt hatte, nichts als ein Zeitvertreib gewesen. Nun ging Lucien langsam weiter, wobei er die Schnellboote betrachtete, die am Kai vor Anker lagen, ehe er den Weg hinauf zu seinem Hotel einschlug.

Als im Dorf schon alle zu schlafen schienen, setzte er sich mit seinem Radio an das Fenster, das mit einem verrosteten Sieb verhängt war. Nachdem er eine ganze Weile durch ein Meer aus zirpenden Geräuschen gesteuert war, fand er das gesuchte Signal und dank der Grillen und Frösche stand ihm das Bild der Landschaft wieder vor Augen. Er hörte eine Weile zu: Ein Huhn krächzte, das Laub der Bäume murmelte, eine Kokosnuss fiel krachend zu Boden.

Lucien notierte sich die Frequenz, dann ging er zu Bett. Er schlief mit dem Gedanken ein, dass die Arbeit, die er für notwendig erachtet hatte, getan war. Es hatte sich herausgestellt, dass es keine Falle gewesen war. Nina würde alles hören.

Er erwachte sehr früh. Draußen war es noch dunkel, auch wenn ein unentschiedenes Flirren am Fensterrahmen sich bald in einen Sonnenstrahl verwandeln sollte. Behäbig richtete er sich in dem harten Bett mit den verschwitzten Laken auf. Dann schlurfte er zum Stuhl am Fenster, schaltete das Radio ein und setzte die Kopfhörer auf.

»Er war recht sympathisch.« Das war die Stimme von Encarnacion.

»Ein alter Mann, sagst du?« Aufgrund des französischen Akzents musste das Adelle sein.

»Ja. Vielleicht siehst du ihn noch, er hat gesagt, dass er eventuell wiederkommt.«

»Was genau wollte er?«

»Ich weiß nicht. Sich umsehen, mit dir sprechen.«

»Der Name sagt mir nichts. Vielleicht war er ein Journalist. Ich hab dir schon gesagt, irgendwer hat die fixe Idee, dass das hier ein Bordell ist. Oder dass wir Kinder verhökern. Es ist traurig.«

»Mach dir keine Sorgen. Wir alle stehen hinter dir.«

»Ich weiß, dass ich mich auf dich verlassen kann.«

Im Hintergrund waren jetzt mehr Geräusche zu hören: Bellen, Lärmen von Kindern.

»Was hat dir Charlie von Juri erzählt?« fragte Adelle.

»Er hat es dir also gesagt?«

»Was weißt du?«

»Wenig. Was ich gesehen habe.«

»Was hast du gesehen?«

»Er hat Agustín auf den Mund geküsst.«

Schweigen. Dann sagte Adelle:

»Ich werde ihn rausschmeißen müssen.«

»Klar. Aber Charlie hat ihm gestern Abend gesagt, dass er abhauen soll und Juri hat erwidert, dass er so lange bleiben wird, wie er will, dass er schon mit Celeste geredet hat und dass sie hinter ihm steht.«

»Er muss gehen. Aber ich fürchte, er wird uns noch in Schwierigkeiten bringen.«

»Wir wollen alle, dass er geht.«

Lucien drehte das Radio ab. Obwohl das, was er eben gehört hatte, die guten Absichten der Mädchen bestätigte, hinterließ es bei ihm einen schalen Nachgeschmack. Er würde das Kinderheim nicht mehr aufsuchen, dachte er; die Reise war zu Ende. Die Batterien des Hörgeräts würden in höchstens fünf Tagen aufgebraucht sein und schon vorher würde er zurück in England sein. Er dachte mit einer gewissen Wehmut an Encarnacion. Er stand schnell auf und begann sich anzuziehen, um nach unten zu gehen, frühstücken.

Am Hafen überredete ihn Don Calixto, seine Abreise aufzuschieben. Es war ein wunderschöner Tag und deshalb lud er ihn ein, mit ihm aufs Meer hinauszufahren. Er sagte, ein Cousin von ihm, einer aus Belize, lebe dort draußen auf einem Riff. Er sei Fischer und würde hin und wieder eine Seekuh erlegen.

»Ist es möglich, lebendige Seekühe zu sehen?« Luciens Neugierde war geweckt: Er hatte noch nie eine in freier Natur gesehen.

»Wenn wir keine finden, brauchen Sie nichts zu zahlen. Dann komme ich für das Benzin auf. Also was ist? Fahren wir?«

Sie fuhren. Don Calixtos Cousin hauste auf einem stinkenden Felseneiland, einem Friedhof von Schnecken, die am Strand aus Korallensand, zwischen den braunen Kokospalmen, zu Tausenden übereinander lagen. Sie suchten die Küste ab, sahen aber – wie Lucien vermutet hatte – keine einzige Seekuh.

»Die sind leider ziemlich schlau«, sagte Don Calixto auf der Rückfahrt. »Sie haben ein sehr feines Gehör.«

»Und das Benzin?«

»Richtig, Sie haben es bezahlt. Lassen wir es für heute dabei bewenden und morgen bring ich Sie gratis nach Puerto Barrios. Einverstanden?«

Am nächsten Morgen jedoch, als Lucien bei der Mole eintraf, war Don Calixto nicht zur Stelle. Ein junger Mann, der ebenfalls wie ein Tamile aussah, sprach ihn an. Er sei ein Cousin des Bootseigners, der über Nacht krank geworden sei und deshalb ihn beauftragt habe, die Fuhre zu übernehmen.

»Aber die Fahrt ist schon bezahlt.«

»Ja, natürlich.«

Es war ein grauer Tag mit starken Böen, gerade richtig für die seetüchtigen Segelboote, die in der runden Bucht kreuzten. Auf dem bleifarbenen Wasser wirkten ihre schwarzen Sturmsegel wie die Rückenflossen von Haien. Plötzlich stellte der Fahrer den Motor ab und schaute Lucien mit blutunterlaufenen Augen an, während das Boot von den Wellen hin und her geworfen wurde.

»Es wird gleich regnen«, sagte der Mann.

Er duckte sich zu der Kiste im Heck, zog eine schwarze Plastikplane hervor und begann sie auszubreiten. Schwankend wie ein Betrunkener, so kam er auf Lucien zu, der sitzen blieb und sich einredete, dass es keinen Grund gab, beunruhigt zu sein, obwohl er beunruhigt war.

Der andere warf die Plane über ihn, zurrte sie am Hals fest und sagte in einem düsteren Ton:

»Wir werden nass werden.«

Es begann heftig zu regnen, sodass nicht einmal mehr die Wellen zu hören waren, die gegen den Rumpf schlugen, nur die Sturzflut des Regens und dann von neuem das Knattern des Motors. Wir werden untergehen, dachte Lucien: Irgendwo musste ein Leck sein, denn das Boot füllte sich rasend schnell mit Wasser. Er hob die Hand an sein Ohr, um das Hörgerät lauter zu stellen. Er sagte: »We 're going down. Nina, are you there?« Aber er konnte seine eigene Stimme nicht mehr hören.

VII

Im Hintergrund, dort auf der anderen Seite des Ozeans, krächzte ein Vogel – oder krächzte er hier, im Garten, beim Vogelhäuschen, das Lucien aufgestellt hatte und das Nina Tag für Tag mit Futter versorgte? Emilia dachte daran, dass Nina lieber sie hinschickte, den Leichnam ihres Ehemannes zu identifizieren, statt das selbst zu machen oder eines ihrer Kinder darum zu bitten. Seit fünf Tagen war Luciens Stimme nicht mehr im Äther zu hören und die beiden Frauen waren sich wortlos einig geworden, dass er tot sein musste. Aber dann waren Emilia Zweifel gekommen. Er lebt, glaubte sie. Die Hoffnung, ihn zu finden, befreite sie von ihren Schuldgefühlen. Immer wieder stellte sie sich den Augenblick des Wiedersehens vor.

Nina saß am Schreibtisch, vor dem Tonbandgerät, und machte sich Notizen, während Emilia den schwarzen Lautsprecher anstarrte, aus dem die Geräusche kamen, und die Stunden bis zum Abflug zählte. Am Abend zuvor hatte sie sich angeboten, nach Guatemala zu fliegen und Lucien dort zu suchen und Nina hatte das Angebot dankbar angenommen. Jetzt hörten sie das Band ab, auf dem das letzte Gespräch dokumentiert war. Es hatte am Nachmittag zuvor im Büro des Kinderheims stattgefunden. Zwei Stimmen waren zu hören, die von Juri, dem Deutschen, und die von Adelle.

Adelle sagte:

»Eben habe ich mit Celeste geredet. Sie ermächtigt mich, dich zu entlassen, Juri. Es tut mir leid. Morgen musst du abreisen.«

Man hörte Juri lachen.

»Es ist ein Missverständnis«, sagte er. »Er ist hier. Er ist heute angekommen und wir haben miteinander gesprochen. Ich kann bleiben und ich werde bleiben.«

»Wenn du bleibst, gehe ich.«

»Du kannst tun, was du willst. Vergiss nicht, du warst es, die gesagt hat, dass dieser Junge …«

Sie unterbrach ihn:

»Das hat damit nichts zu tun! Er ist erst elf. Jede Diskussion erübrigt sich, Juri.«

»So was ist schnell gesagt. Er braucht diese Art Zuneigung und ihr wollt das nicht verstehen. Das ist alles. Für euch bin ich abartig veranlagt. Aber er hält es für ein Glück, fast für ein Wunder, dass ich so bin. Geh doch zu ihm, jetzt, sofort. Du wirst sehen, er weint. Und weißt du, warum er weint? Weil man ihm gesagt hat, dass ich wegfahre.«

»Ich kann nicht zulassen …«

»Ich, ich, ich«, spottete Juri. »Jedenfalls ist es so, wie du gesagt hast: Jede Diskussion erübrigt sich. Ich bleibe hier, und zwar auf Anordnung deiner Vorgesetzten.«

»Das werden wir schon sehen.«

Schweigen. Im Hintergrund lärmten Kinder und Vögel. Schritte auf dem Holzboden, eine Tür, die zugeschlagen wurde.

Nina überprüfte ihre Notizen. Dann sagte sie zu Emilia:

»Es ist möglich, dass sein Hörgerät kaputtgegangen ist.« Aber das sagt sie nur aus Selbstschutz, dachte Emilia, um eine schreckliche Gewissheit loszuwerden. »Er hat nur zwei davon mitgenommen. Findest du nicht, dass du auch eines bei dir haben solltest?«

Emilia hatte schon daran gedacht, aber nicht gewagt, es vorzuschlagen.

»Ich weiß nicht«, sagte sie.

»Gut, du hast noch ein paar Stunden Zeit, um es dir zu überlegen.«

Kurz vor der Abfahrt, als Emilia schon ihr Gepäck nach unten brachte, fragte Nina wieder:

»Willst du nicht eines mitnehmen?«

Emilia wiegte den Kopf, als wäre sie noch zu keiner Entscheidung gekommen.

»Lieber nicht«, sagte sie dann. »Wahrscheinlich bin ich abergläubisch.«

»Und was sagt der Aberglaube über Hörgeräte?«

»Ich glaube nicht, dass er in dieser Frage eine verbindliche Empfehlung ausgesprochen hat.« Sie lächelte und stellte ihren Koffer am Fuß der Treppe ab. »Jedenfalls . . .«

»Ich verstehe«, sagte Nina, »ich glaube, ich verstehe.«

Beim ersten Mal klang ihre Äußerung so, als deutete sie Emilias Entscheidung als Ausdruck einer irrationalen Angst, ein solches Gerät zu verwenden; in der Wiederholung, als würde dessen Gebrauch eine Intimität einschließen, die Emilia nicht teilen wollte.

»Ich würde gern mitkommen«, sagte Nina, schon im Auto, ehe sie startete, und war für einen Moment nachdenklich.

Emilia befürchtete, dass sie sich in letzter Minute doch noch dazu entschließen würde, aber ihre Sorge war umsonst. Am Flughafen von Sandgate, als das Gepäck schon abgefertigt und der Reisepass abgestempelt war, begleitete Nina sie noch bis zum Gate.

»Pass gut auf dich auf«, sagte sie beim Abschied.

Emilia war unerwartet gerührt und bemühte sich, jetzt nicht zu weinen.

»Und bitte sag Lucien, dass es nicht schön von ihm war, sich so davonzumachen.«

Sie umarmten sich ein wenig linkisch und mit einer sonderbaren Kälte, als wüssten sie, dass sie sich ohne die verbindende Gegenwart des Mannes nie wiedersehen würden.

VIII

Manchmal lebt es sich wie zwischen Buchdeckeln (sagen die Philosophen) und dieses Empfinden hatte Emilia, als sie aus dem Flugzeug stieg. Alles hatte in einem alten Pfarrhaus in Fernchurch begonnen, das jetzt nur noch Erinnerung war. Und alles, was danach kam, bestätigte – Emilias Meinung zufolge – die Aussage (die von den Philosophen vertreten wird), dass der physische Körper nicht wesentlich ist, um die Wirklichkeit zu erfahren.

Der Kutter, der sie in einer mondhellen Nacht von Punta Gorda nach Lívingston brachte, erschien ihr wie ein Schiff aus einem vergangenen Jahrhundert; aber sie war in der Jetztzeit angekommen, wenn auch nicht ganz.

Am Hafen redete sie ein kleiner schwarzer Junge an. Er sagte Kusine zu ihr, halb im Spaß, und half ihr beim Koffertragen. Auf dem Weg zum Hotel Izabal sparte er nicht mit Bekundungen seines etwas aufgesetzten Humors, auf den er offenbar ziemlich stolz war.

»Immer zu Diensten. Falls Sie mich noch brauchen sollten.« Er machte einen Kratzfuß, dann lief er hinaus ins Freie, wo plötzlich ein schwerer Wolkenbruch niederging.

Das Regenwasser, das sich in kleinen weißen Bächen über das Vordach aus Wellblech ergoss, machte einen ohrenbetäubenden Lärm. Die rosaroten und türkisfarbenen Hausmauern gegenüber schimmerten im weißlichen Schein einer Laterne und obwohl es den Anschein hatte, dass sie von innen her leuchteten, machte ihr Anblick Emilia weder fröhlich noch traurig. Sie hatte in diesem Augenblick, da sie allein in der Halle stand, nur ein Gefühl und das war Angst.

Dann kam eine alte, dicke und freundliche Schwarze aus einer Tür hinter der Rezeption geschlurft, stellte ihr ein paar Fragen und reichte ihr den Zimmerschlüssel. Emilia fragte nach Lucien.

»Der ist schon abgereist. Ich glaube, vor einer Woche.

Ja, an dem Tag, an dem es zu regnen angefangen hat. Er wollte nach Puerto Barrios.« Plötzlich stockte sie.

»Wollten Sie noch was sagen?«

»Nein, nichts.« Sie schüttelte den Kopf. »Ich glaub, ich bring da was durcheinander. Warten Sie, ich zeig Ihnen das Zimmer. Es ist dasselbe, das er gehabt hat.«

Diese Übereinstimmung freute Emilia. Es war, als hätte die Schwarze ihren Wunsch erraten, den sie nicht zu äußern gewagt hatte.

»Bei diesem Regen muss man die Rollos runterlassen. Aber es gibt ja einen Ventilator.« Sie drehte am Schalter und dann begannen die großen Flügel zu surren und ein feiner Staubregen, den die Schwarze anscheinend nicht sah, verteilte sich im ganzen Zimmer. »Sie werdens hier bequem haben«, sagte die Frau, ehe sie die Tür hinter sich schloss.

Das Stück Schaumgummi auf den Brettern, die als Bettgestell dienten, roch nach Schimmel und strahlte im Kontakt mit Emilias nackten Schultern eine fast animalische Hitze aus. Emilia malte sich jetzt ihr mögliches Wiedersehen mit Lucien aus. Sie hatte mehrmals die Ansicht vertreten, dass er die Welt so wahrnahm, wie sie sich in Büchern darstellte, und Nina hatte ihr zugestimmt. Wenn er mich jetzt sehen könnte, dachte sie, wie verloren zwischen den Seiten eines Buches, das von ihm geschrieben sein könnte.

Die anderen Personen kamen ihr in den Sinn, mit denen sie den Platz in einem fiktiven Buchregal teilen würde. Die Erinnerung an Ernesto rührte sie, die an Óscar machte sie wütend. Warum hatte er ihn umgebracht? Vielleicht hatte Ernesto nicht leiden müssen. Die Kugel hatte ihn am Kopf getroffen, neben einem Auge. So sehr hatte sie gewünscht, er sei nicht tot! Sie hatte oft von ihm geträumt; in manchen Träumen war er gar nicht tot, in anderen kam er aus dem Jenseits auf sie zu. Sie erinnerte sich an Xiuán, von dem sie erst kürzlich Nachricht erhalten hatte. Er arbeitete in Chajul als Berater für die zurückgekehrten Ixilfamilien, die sich am Berg Vichox niedergelassen hatten. Sie hatte Pedro Morán nie persönlich kennen gelernt, aber jetzt dachte sie auch an ihn. Sie hatte ein Foto von ihm gesehen: ein kantiges Gesicht mit Schnurrbart, zu dem sie sich einen großen, schlanken Körper vorstellte. Sie vermutete, dass er noch in Guatemala war. Auf der langen Liste von Militärs und Gouverneuren, die seit der Unterzeichnung des Friedensabkommens (eines zwischen Weißen ausgehandelten Friedens, wie Xiuán sagte) Gegenstand von Skandalen und sogar von Strafverfolgung gewesen waren, war sein Name auf geheimnisvolle Weise getilgt worden.

Dann dachte sie an ihre Eltern. Sobald diese Geschichte vorbei ist, werde ich sie anrufen, sagte sie sich.

Als es zu regnen aufhörte, zog sie sich an und ging zum Abendessen in das Restaurant gegenüber. Sie wusste, dass Lucien dort wenige Tage zuvor gegessen hatte. In der Nacht schlief sie schlecht: Sie hatte allzu reale Träume, die es unmöglich machten, wirklich auszuspannen.

Vielleicht aus diesem Grund – dachte sie am nächsten Morgen, als die Besitzerin des Hotels ihr die Nachricht nicht länger verheimlichte – konnte ihr auch Luciens Tod wie ein Traum vorkommen. Sein Boot sei untergegangen, als er während eines Gewitters vor einer Woche nach Puerto Barrios unterwegs war. Unwillkürlich schlug sie die Hände vors Gesicht.

»Ich wollte es Ihnen gestern Abend nicht sagen. Sie hätten sicher kein Auge zugetan.«

»Ich verstehe«, sagte Emilia mit dünner Stimme.

»Kommen Sie, mein Kind«, sagte die Schwarze, die überraschend flink hinter der Rezeption hervorgekommen war, und half ihr in einen alten Sessel mit geschnitzter Rückenlehne. Dann ließ sie sich auf das Sofa daneben fallen und sagte: »Es war ein Sauwetter. Ich hab ihn gewarnt. Es ist kein guter Tag zum Rausfahren, hab ich ihm gesagt. Aber er musste weg.«

Sie griff nach ein paar Zeitungen, die auf dem Ecktischchen neben dem Sofa lagen, und begann in ihnen zu blättern.

»Hier stehts.«

Das Motorboot – so lautete die amtliche Version – war in der Bucht von Amatique leck geworden und untergegangen. Dem Bootseigner, einem Mann aus Belize namens Noé Gody, sei es gelungen, schwimmend den Strand von Punta de Palma zu erreichen, nicht jedoch – »bedauerlicherweise« – einem schon bejahrten englischen Touristen, der sich ebenfalls an Bord befunden habe. Dessen sterbliche Überreste seien noch nicht gefunden worden. Die Alte holte eine andere Zeitung aus der Rezeption.

»Ich glaub, da steht noch mehr.«

Vor fünf Tagen habe der Tauchtrupp der Polizei von Santo Tomas die Leiche eines ungefähr achtzigjährigen Mannes geborgen, »offenbar eines Ausländers«. Weder seine Habseligkeiten noch seine Papiere seien bis dato gefunden worden. Deshalb forderten die Hafenbehörden etwaige Familienangehörige oder Bekannte des Toten auf, zum Zwecke der gesetzlich vorgeschriebenen Identifizierung im Leichendepot von Puerto Barrios vorzusprechen.

Es folgte eine Beschreibung des Leichnams, detailreich und kalt. In der Spalte daneben wurde von einem Selbstmord berichtet: Ein Mann sei im Tiergarten der Hauptstadt, La Aurora, am helllichten Tag und vor mehreren Besuchern über die Umzäunung des Pumakäfigs geklettert. Die Raubtiere hätten ihn sofort zerfleischt.

Emilia konnte nicht weinen. Sie suchte den Grund dafür in der übermäßigen Hitze und im blendenden Widerschein der Sonne, draußen auf der Straße. Ich wusste es schon, dachte sie. Die Nachricht hat mich nicht überrascht.

Aber ihr Gesicht, sogar ihre Lippen waren weiß, und sie hatte schweißnasse und kalte Hände. Die Frau hatte ihr einen blauen Plastikbecher mit eiskalter Coca-Cola gebracht.

»Sie haben ihn gut gekannt?«

Emilia nickte. Dann fragte sie:
»Kennen Sie den Mann, der ihn gefahren hat?«
»Normalerweise war er mit Calixto unterwegs, aber an dem Tag sollte ihn ein anderer nach Puerto Barrios bringen. Ein Junge, der hier neu ist. In der Zeitung steht, dass er aus Belize stammt, aber ich habe gehört, er kommt aus Honduras. Fragen Sie unten am Kai, vielleicht kann Ihnen jemand Genaueres sagen.« Sie beugte sich vor und sagte in verändertem Tonfall: »Der Señor hat hier keine Verwandten?«
Emilia schüttelte den Kopf.
»O Gott«, sagte die Schwarze. »Sie Arme. Jetzt müssen Sie ihnen die traurige Nachricht überbringen.«
»Noch nicht. Vielleicht ist er es gar nicht.«
Draußen herrschte eine stechende Hitze. Emilia fragte sich unter den Hafenarbeitern nach Don Calixto durch. Sie wechselten ein paar Worte über Lucien und dann trug er sich an, sie nach Barrios zu fahren, damit sie den Körper identifizieren konnte.
»Nein, Señorita«, sagte er, als das Boot bereits über das ölige Wasser der ruhigen blauen Bucht von Amatique glitt. »Ich war es nicht, der ihn gefahren hat. Ich werde Ihnen erzählen, was passiert ist, ich begreife es immer noch nicht. An dem besagten Morgen machte ich mich auf den Weg zum Hafen, obwohl schlechtes Wetter war. Ich wollte dem Señor sagen, dass wir die Bootsfahrt besser verschieben. Aber versprochen ist versprochen. Die Sache ist die: Wie ich ins Dorf komme, halten mich zwei Burschen auf, die ich noch nie gesehen habe. Calixto, sagen sie, der alte Mann ist schon weggefahren. Er hat auf dich gewartet, dann hat er die Geduld verloren. Na gut, sage ich, kann man nichts machen. Aber Sie wissen ja, hier fehlt es nie an Leuten, die einen übers Ohr hauen wollen, und deshalb denk ich mir, die beiden wollen mir bloß die Fuhre wegschnappen. Es stimmt zwar, ich war ein bisschen spät dran, denn wir hatten acht Uhr ausgemacht und es war schon fast halb neun, aber ich wollte trotzdem

runter an die Mole. Sehen, was los ist. Aber da sagt der eine: Geh nicht, sonst kriegst du Probleme. Ich bin erschrocken, Señorita, wozu sollte ich Sie anlügen. Er hatte eine kleine Tätowierung auf der Stirn, ein Kreuz, und deshalb dachte ich, das ist ein Killer. Da hab ich mich lieber auf den Heimweg gemacht. Aber nach einer halben Stunde bin ich doch runter an die Mole. Klar, der Señor war da schon weg. Keiner hier weiß, wer der Junge war, der ihn mitgenommen hat.«

IX

Als sie die klimatisierte Leichenhalle im Krankenhaus von Puerto Barrios betrat, fühlte sich Emilia augenblicklich von der erdrückenden Hitze befreit, die das Teer auf der Straße schmolz und den Schweiß aus allen Poren trieb. Offenbar waren die Toten nach ihrer jeweiligen Todesursache und ethnischen Zugehörigkeit geordnet. Da war die Reihe mit den Ermordeten: zwei Schwarze, ein Weißer, ein Kekchí. Dort die an Cholera Verstorbenen: weiße Kinder, Indiokinder, Mestizenkinder. Weiter hinten die Ertrunkenen: die Wasserleiche eines dunkelhäutigen Kindes und die des alten Engländers. Diese beiden waren im Gegensatz zu allen anderen, die mit Laken bedeckt waren, völlig nackt.

Es war das erste Mal, dass Emilia einen Ertrunkenen sah. Lucien schien zu lächeln, wenn auch ein wenig traurig; es war das Lächeln von einem, der einen Verdacht bestätigt findet, aber keinen Schmerz fühlt. Jedenfalls macht er den Eindruck, mit sich selbst in Einklang zu sein, dachte Emilia. Sie war ein wenig verwirrt, während sie den großen leblosen Körper betrachtete. Dann fand sie, dass etwas Triumphales in Luciens Gebärde steckte, eine gefrorene Fröhlichkeit, Ausdruck dessen, dem jegliches schlechte Gewissen fehlte, der die höchste Kunst der Ethik beherrschte, und der da vor ihr lag, sagte sie sich, war eine neue Art Heiliger.

»Es ist die Person, die ich gesucht habe«, sagte sie.

Der Gerichtsmediziner versicherte ihr, dass der Tod zweifelsfrei durch Ertrinken erfolgt sei. Der Körper weise keine Spuren von Gewalt auf, der ruhige Gesichtsausdruck des Toten sei als weiteres Indiz zu werten.

»Danke«, sagte sie. »Auch ich hatte diesen Eindruck.«

Ihr Blick schweifte ein letztes Mal über Luciens Körper, verharrte zärtlich in der Bauchgegend, wanderte abwärts über die langen dünnen Beine bis hinunter zu den knochigen Füßen.

Aber auch hier konnte sie nicht weinen. Schnell lief sie aus der künstlichen Kälte hinaus in die glühende Hitze auf der Straße und nahm ein Taxi zum Hotel del Norte, einem alten, klapprigen Holzkasten.

»Are you sure it's him?« sagte Nina.

»Ich fürchte, ja. Und allem Anschein nach war es wirklich ein Unfall. Das Boot ist auf dem Meer gekentert.« Emilia drehte der Frau an der Rezeption, die sie schamlos anstarrte, den Rücken zu und betrachtete durch das Fliegengitter der hohen Fenster die Frachtkähne, die im Hafen vor Anker lagen.

»And there were no other victims?«

»Nein, offenbar war er der einzige Tote. Sein Steuermann konnte sich schwimmend ans Ufer retten.«

»Was du alles hast durchmachen müssen! Du weißt nicht, wie dankbar ich dir bin. Emilia, ich finde, du hast schon mehr als genug für uns getan, ich hätte dich nicht allein losschicken dürfen. Kümmere dich jetzt um nichts mehr. Ich werde sofort die Botschaft anrufen. Sie werden alles Nötige in die Wege leiten …«

Es ist ein wenig traurig, dachte Emilia, wie nüchtern und umsichtig die Menschen sein können, vor allem in solchen Augenblicken. Aber auch das, sagte sie sich, habe ich schon gewusst.

»Wenn ich irgendwas für dich tun kann, Nina …«

»Nicht im Traum! Alles Weitere übernehme ich. Und vergiss nicht, wir haben drei Kinder. Machen wir Schluss, damit dich das Gespräch nicht noch teurer kommt.«

Aber Emilia hängte nicht auf und Nina redete weiter:

»Er hätte nicht allein fahren dürfen. Ich hätte ihn begleiten können …«

»Aus dem Waisenhaus gibts keine Neuigkeiten?« fragte Emilia.

»Wenig. Der Deutsche hat gehen müssen. Ich habe eine interessante Unterhaltung mitgehört, zwischen der Französin und dieser Person, die anscheinend so viel Macht hat. Aber du weißt ja, ich verstehe kaum was. Offenbar ist dort alles soweit in Ordnung. Es war so unnötig, dass Lucien …«

»Was du sagst, erleichtert mich. Ich hab geglaubt, dass vielleicht …« Sie sprach nicht weiter. Warum sollte sie in Nina den Keim eines Zweifels setzen?

»Also gut, meine Liebe, wirklich, unser Gespräch kommt dich teuer. Ich umarme dich.«

»Auf Wiedersehen, Nina. Ich umarme dich auch.« Ihre Stimme versagte.

»And let's not forget, dear, that he had a very good life.«

Sie legten gleichzeitig auf.

X

Es war ein klarer, ruhiger Nachmittag. Pelikane und Gabelweihe segelten über dem Fluss – voll Behagen, wie es Emilia schien – und machten Jagd auf Insekten und Fische.

Außer Emilia brachte Don Calixto ein halbwüchsiges Mädchen und dessen Mutter nach Las Delicias. Deren Gegenwart tröstete Emilia, die sich selbst für einige Zeit vergessen wollte.

Da war leuchtendes Grün und das dunkle Grün der Kaskaden am hohen Steilufer, wo die weißen Baumstämme sich himmelwärts schoben und ihre starken Wurzeln die cremefarbenen Felsen umschlangen, als müssten sie diese vor dem Absturz bewahren. Manchmal wuchs auch der Federbusch einer Palme aus dem Schatten des Flusses, in dessen grünschwarzem Wasser die dunklen Farbtöne der von Gestrüpp überwucherten Hänge und das Blau des fernen Himmels zu einer prekären Eintracht fanden.

Zweifellos war das ein schönes Stück Natur und doch kamen sogar die Delfine, die für einen Augenblick neben dem Boot auftauchten, Emilia wie unheimliche Wesen vor und zwar aus einem einfachen Grund: weil sie hier lebten.

Jetzt waren die Hänge an den Ufern nicht mehr ganz so steil; die Bäume dort wirkten im schrägen Licht des Nachmittags, das die Flechten und Schlinggewächse hervorhob, wie eine Armee einbeiniger grüner Gespenster.

Das Motorboot lag sicher auf den Wellen. Wenn es an den Kormorankolonien vorüberfuhr, die von weitem schwarzen Ölteppichen glichen, stoben die Vögel mit Krächzen, Flügelschlagen und Auf-dem-Wasser-Laufen auseinander, ehe sie sich, wenig später, ohne Eile wieder zusammenschlossen. In Ufernähe, unterhalb des Bergrückens San Gil, standen junge und alte Fischer in ihren kleinen Kanus und warteten auf den richtigen Moment, in dem sie das Wurfgarn schleudern würden. Einige waren nackt und ihre reglosen Körper ins Gold der Sonne getaucht, andere steckten in Mehlsäcken und trugen Strohhüte und plötzlich schleuderten die einen wie die andern ihre silbrig glänzenden Netze durch die Luft.

Don Calixto legte am großen Anlegesteg des Kinderheims an, vor dem Schuppen mit den Büros.

»Es dauert nur ein paar Minuten«, sagte Emilia und sprang an Land.

Ein junger Nordamerikaner führte sie durch einen Garten, in dem Kinder verschiedenen Alters unter der Aufsicht von drei ausländischen Helferinnen spielten.

»It's lively here«, sagte Emilia.

»Busy too«, antwortete eine der Frauen.

Sie gingen weiter zum Schuppen und dann die Stufen hinauf.

Die Verwaltungszentrale war in einem etwas dunklen Raum mit mehreren Archivkästen und Tischen, die mit Papieren bedeckt waren, untergebracht. Von den Fensterrahmen hingen die verschiedenartigsten Gegenstände: Musikinstrumente, selbst gemachtes Spielzeug, Tonfiguren, Einkaufslisten, Kalender, Tragbeutel.

Die Sekretärin – es war Encarnacion – sagte, dass Adelle, die Heimleiterin, nicht hier sei.

»Aber kann ich was für Sie tun?«

»Freunde haben mir von diesem Heim erzählt.«

»Wollten Sie was Spezielles wissen?«

»Mit wem muss ich sprechen, wenn ich mich als freiwillige Mitarbeiterin bewerben will?«

»Mit Adelle. Oder mit der Generaldirektorin, in der Stadt.«

»Und wer ist der Verantwortliche?«

»El Hogar.«

»Jemand im Besonderen?«

»Ja, natürlich. Die Generaldirektorin.«

»Wie heißt sie?«

»Celeste.«

»Celeste – wie noch?«

Encarnacion zögerte kurz. Dann sagte sie:

»Celeste Bustamante.«

Der klangvolle Name sagte Emilia nichts.

»Haben Sie zufällig eine Broschüre?«

Encarnacion schien einen Augenblick lang nicht bei der Sache zu sein. Dann blickte sie um sich.

»Broschüren. Nein. Im Moment nicht.«

In diesem Augenblick sah Emilia den kleinen kugelförmigen Gegenstand, hinter dem sie hergewesen war, auch wenn sie sich geschworen hatte, ihn auf keinen Fall zu suchen, um nicht Verdacht zu erregen. Er lag da auf dem Tisch, in einem Aschenbecher aus Ton.

Encarnacion sah ihn jetzt auch an, halb belustigt, halb misstrauisch.

»Wissen Sie, was das ist?«

»Nein«, sagte Emilia. »Was?«

»Eine Wanze. Anscheinend hat sie ein Journalist dagelassen, der uns vor ein paar Tagen besucht hat. In letzter Zeit sind mehrere Zeitungsleute hierher gekommen. Sie wollen uns einen Skandal anhängen, aber ich glaube, sie wissen noch nicht recht, warum. Sie sind keine Journalistin?«

Das frühe Abendlicht, das vom Moskitonetz am Fenster gefiltert wurde, brachte die beiden Frauen in dem kleinen, von dunklen Gegenständen überfüllten Raum wie von innen her zum Leuchten.

»Aber weshalb?« fragte Emilia.

»Sagen Sie nicht, Sie wissen es nicht. Heutzutage sind karitative Unternehmen dieser Art prinzipiell verdächtig.«

»Ich denke, das ist nur natürlich.« Jetzt hatte es Emilia eilig wegzukommen. »Vielen Dank, Señorita.«

»Soll ich Adelle was ausrichten?«

»Nein, danke, ich glaube nicht, dass ich nochmals hier vorbeikomme. Aber ich werde Frau Bustamante in der Hauptstadt aufsuchen. Könnten Sie mir die Adresse geben?«

»Gern«, sagte Encarnacion und dann: »Aber eigentlich können Sie gleich jetzt mit ihr sprechen. Sie ist auf ein paar Tage hergekommen. Sie macht das in regelmäßigen Abständen. Deshalb ist Adelle auch nicht da. Sie nimmt sich Urlaub, wenn Celeste kommt. Sie werden Celeste wahrscheinlich am anderen Flussufer finden, bei der Brücke, in Aj Tuul.« Sie überlegte einen Augenblick, dann fuhr sie fort: »Dort steigt sie immer ab. Und dort ist sie jetzt auch, sofern nicht einer ihrer Freunde sie auf seine Jacht eingeladen hat.« Sie blickte auf die Sonne, die am anderen Ufer zwischen farbigen Haufenwolken unterging. »Es ist nämlich Cocktailzeit.«

XI

Es war die angenehme, beschauliche Stunde, in der das Weiß der Reiher und Segel in der Dämmerung besonders hervorstach. Sie hatten das Mädchen und seine Mutter in Las Delicias abgesetzt und jetzt steuerte Don Calixto sein Boot mit gedrosseltem Motor an den Segelschiffen vorbei, die in der Bucht von Aj Tuul ankerten, während andere Boote weiter flussabwärts zwischen beiden Ufern hin und her fuhren.

Im Restaurant der Herberge, das ein Stück weit über das stille, dunkle Wasser ragte, saßen sechs oder sieben Gäste an einem Tisch. Eine Runde guter Freunde, dachte Emilia und ging wortlos an ihnen vorbei und weiter zur Theke. Die Kellnerin, die bei den Leuten am Tisch saß, stand auf und folgte ihr, um sie nach ihren Wünschen zu fragen.

»Natürlich haben wir offen. Sie können hier essen, trinken, was Sie wollen. Und wenn Sie lieber in Gesellschaft sind, dann nehmen Sie sich einfach einen Stuhl und setzen sich zu uns. Wir sind hier alle eine große Familie«, sagte sie. »Ich bin Annie, aus Kanada.«

Sie war ein wenig beschwipst und Emilia kam der Gedanke, dass sie vielleicht schon von ihrem Kommen unterrichtet worden war. Annie war hinter die Bar gegangen. Sie öffnete eine Flasche Bier, wand routiniert eine Papierserviette um den Flaschenhals und stellte die Flasche vor Emilia auf die Theke.

»Sie setzen sich doch zu uns, oder?« Sie kam hinter der Bar hervor.

Emilia folgte ihr an den Tisch. Ein wenig steif stellten sie sich im Uhrzeigersinn vor. Wie es unter ihnen und an diesem Ort üblich war, sagten alle nur ihren Vornamen und das Land, aus dem sie stammten:

»Robert, Australien.«

»Celeste, Guatemala.«

»Clark, Vereinigte Staaten.«

»Ricardo, Israel.«

»Und ich bin Annie.«

Emilia wusste nicht, weshalb der junge Mann, der Ricardo hieß, sie so anstarrte, als würde er ihre Anwesenheit in der Runde missbilligen. Und er musterte sie noch eine ganze Weile, bis sein Blick ihr nicht mehr feindselig vorkam. Vielleicht sind wir uns schon irgendwo begegnet, dachte sie. Jetzt wandte er sich ganz ihr zu und sie fingen an, sich im Stimmengewirr der anderen miteinander zu unterhalten.

»Ich bin mit Celeste hier, nur zu Besuch«, sagte er. »Und du?«

Er sah jemandem ähnlich, den sie kannte, und diese Tatsache war wichtig.

»Ah«, sagte sie, »ich hab eben das Kinderheim besichtigt.«

»Ja? Und wie findest du es?«

»Nett. Und den Kindern scheints dort gut zu gefallen.«

Er wirkte nachdenklich.

»Das freut mich. Gerade jetzt haben wir uns darüber unterhalten. Über die Bilanz, meine ich. Es ist traurig, aber offenbar sind fast alle Kinder, die aus dem Heim kommen, ziemlich problematisch.«

Celeste mischte sich ein. Das also war die berühmte Puffmutter. Sie hatte ihr dichtes Haar auf fernöstliche Art mit Nadeln hochgesteckt und die Vehemenz, mit der sie ihrem Nebenmann widersprach, brachte das schwammige Fleisch ihres Körpers zum Zittern:

»Du übertreibst, Rick. Wir haben auch gute Erfahrungen gemacht, sehr gute sogar. Vergiss nicht, dass die Besten im Normalfall irgendwo in der Hauptstadt Arbeit finden. Wenn sie einmal weg sind, sehen wir sie nur selten wieder. Nur die besonders Faulen und die Draufgänger bleiben hier in der Gegend und geraten auf die schiefe Bahn. Es ist eben so, dass ihnen alles ein wenig schwerer fällt. Aber manchmal sind gerade sie liebenswert, damit das klar ist, und nicht immer sind sie schlecht.« Sie schaute Emilia an, die aufmerksam zugehört hatte. »Du hast uns besucht? Aus einem speziellen Grund?«

Emilia schüttelte den Kopf.

»Freunde haben mir von eurem Heim erzählt. Ich war einfach neugierig.«

»Wenn es dich interessiert, es gibt viele Arten, uns zu helfen. Jede Spende ist willkommen. Kleidung, Spielzeug« – sie lächelte –, »auch Arbeit.«

»Ja«, sagte Emilia, »irgendwie würde ich gern helfen.«

»Dann unterhalten wir uns später noch«, sagte Celeste und wandte sich ihren Freunden zu, um den Faden eines anderen Gesprächs wieder aufzunehmen.

»Ich bin übrigens einer der Mäzene des Kinderheims«, sagte Ricardo.

Inzwischen war es Nacht geworden. Das rauchschwarze Laub der Bäume schien vor den Lichtern der Hütten auf der anderen Seite der Bucht wie Tinte zu zerfließen. Emilia hatte den Eindruck, dass ihr Gesprächspartner allmählich betrunken wurde.

»Glaub mir«, sagte er, »dieser Einsatz für die Kinder erfüllt mich mit großer Befriedigung.«

Seine Worte klangen, als wären sie in Watte gepackt.

Er versank in Schweigen, offenbar hing er seinen Gedanken nach. Inzwischen ging es in den Gesprächen der anderen wild durcheinander. Man redete von Pferden, indianischen Cowboys, Kautschukpflanzungen und Schlangen.

»Du wohnst nicht hier in der Gegend, was?« sagte Ricardo nach einer Weile.

»Nein. Ich lebe schon seit einiger Zeit in Paris.«

»Ah, Paris. Das wäre eine Stadt gewesen, die mir … Hier hat sich in letzter Zeit viel geändert, du weißt schon. Ich« – er klopfte sich an die Brust – »bin auch Soldat gewesen, aber das alles ist aus und vorbei. Schon seit geraumer Zeit ist es aus und vorbei. In diesem Land, meine ich.«

Erst seit einem knappen Jahr, dachte Emilia und sie wollte sich in Acht nehmen.

Ricardo rief der Kanadierin zu:

»Annie, noch eine Runde Bier!« Dann wandte er sich an Emilia. »Du bleibst doch heute Nacht hier?«

»Nein«, antwortete Emilia. »Mein Hotel ist in Lívingston. Dort habe ich mein ganzes Gepäck. Und das Boot wartet auf mich.«

»Unsinn«, sagte er. Er drehte sich zu Celeste, legte ihr eine Hand auf die Schulter, damit sie ihm zuhörte, und flüsterte ihr etwas ins Ohr. Celeste schaute daraufhin Emilia bedeutungsvoll an und nickte.

»Ich glaube, in diesem Fall hat er vollkommen Recht. Du solltest hier bleiben. Nachts ist es auf dem Fluss gefährlich.«

Eine Kellnerin brachte Bier für alle. Emilia griff nach ihrer Flasche und trank einen Schluck. Sie war unsicher geworden; die Vorstellung, im Finstern zurückzufahren, schreckte sie ein wenig ab, außerdem war sie müde, weil sie fast den ganzen Tag auf dem Boot in der Sonne zugebracht hatte.

»Hier ist es sehr ruhig«, sagte Celeste zu ihr. »Findest du nicht, dass es in Lívingston furchtbar laut zugeht? Ich bin keine Rassistin, ich glaub auch nicht, dass die Leute dort schlecht sind, es ist einfach ihr Charakter, das kulturelle Erbe, wenn du willst. Sie sind wie die Menschen in Haiti. Sie brauchen den Lärm einfach.«

Alle anderen am Tisch teilten offenbar ihre Meinung.

»Sie hat dich überzeugt, stimmts?« sagte Ricardo.

Emilia lächelte, antwortete aber nicht.

Etwas später stand er wortlos auf und ging, ein wenig schwankend, zu dem Anlegesteg, an dem Calixtos Motorboot vertäut war. Er hatte ein Baumwolltuch um die Hüften geschlungen, wie es im Südpazifik Brauch war, und Emilia fand seine Gestalt ein wenig weibisch. Am Ende des Stegs hockte er sich nieder und wechselte ein paar Worte mit Don Calixto. Dann ging dieser zum Motor im Heck und warf ihn an, während Ricardo die Leinen losmachte. Das Boot wendete langsam, wobei es sich vom Anlegesteg entfernte, und fuhr dann in großer Geschwindigkeit flussabwärts. Er hat mich einfach dagelassen, sagte sich Emilia ungläubig. Vielleicht führt er nur irgendeinen Auftrag aus. Auf jeden Fall hätte er nicht wegfahren dürfen, ohne mir was zu sagen, dachte sie. Es könnte ja sein, dass sie sofort aufbrechen wollte. »Ich finde das empörend«, sagte sie leise, aber die anderen hörten es und nickten verständnisvoll. Ricardo schwankte nicht mehr, als er auf dem Anlegesteg näher kam, als hätte ihn sein eigenmächtiges Vorgehen ernüchtert.

Er setzte sich wieder Emilia gegenüber.

»Calixto fährt nach Lívingston zurück«, sagte er ungezwungen, »und du bleibst hier. So ist es am besten.«

»Ich bin empört«, wiederholte Emilia.

»Ich verstehe«, sagte er. »Aber du brauchst keine Angst um deine Sachen zu haben. Calixto wird mit der Frau im Hotel reden. Ich garantiere dir, du wirst es nicht bereuen, hier geblieben zu sein.« Es klang wie eine versteckte Drohung. Er schaute auf den Fluss, in die Dunkelheit. »Die Leute hier sind leichtsinnig, glaub mir. Nachts fahren ist gefährlich. Alle am Tisch« – er schaute in die Runde – »können es dir bestätigen.«

Die anderen nickten.

»Es gibt immer mehr Unfälle. Zwei Boote stoßen nachts zusammen und dabei geht es nie ohne Tote ab. Du wirst schon gemerkt haben, dass sie lieber ohne Licht fahren, und sie haben ja Recht, denn so sehen sie besser. Diese Typen riskieren für ein paar Dollars Kopf und Kragen und den ihrer Fahrgäste noch dazu. Es ist gegen jede Vorschrift.« Er schüttelte den Kopf. »Außerdem hast du was getrunken, dir wär sicher schlecht geworden. Die Herberge hier ist die beste weit und breit, es besteht also kein Grund zur Aufregung. Und bei uns bist du unter Freunden.«

Endlich kam Annie, die Kanadierin, und rettete Emilia vor dem Wortschwall des Mannes.

»Das hättest du nicht tun dürfen, Ricardo«, sagte sie und wandte sich an Emilia. »Auch wenn er nicht ganz Unrecht hat, hätte er es nicht tun dürfen. Ich verstehe, dass du verärgert bist. Jedenfalls sind unsere Bungalows recht bequem. Willst du sie dir ansehen?«

»Ich glaub schon«, sagte Emilia. Sie stand auf und folgte der Frau über den Seitensteg, dann bogen sie landeinwärts zum ersten Bungalow ab.

Das Zimmer gefiel ihr.

»Sie sind alle gleich«, sagte Annie. »Nimmst du es?«

»Was bleibt mir schon übrig.«

»Es stimmt, was Ricardo gesagt hat. Der Golfete hat seine Tücken. Morgen früh, wann immer du willst, schicke ich meinen Fahrer mit dir nach Lívingston. Keine Sorge. Und damit du siehst, dass du mir sympathisch bist, brauchst du für die Übernachtung nichts zu bezahlen. Fühlst du dich so besser?«

»In Ordnung«, sagte Emilia, einigermaßen beruhigt.

»Kommst du wieder an die Bar? Wir bleiben noch eine Weile. Wenn du was essen willst …«

»Vielleicht komme ich nach.«

Als Annie gegangen war, streckte sich Emilia auf dem Bett aus. Unter dem Moskitonetz fing sich der Bierdunst ihres Atems. Zuerst beschloss sie dazubleiben, nicht ins Restaurant zurückzukehren. Aber dann wurde sie hungrig. Außerdem – sagte sie sich – war man in diesem offenen Raum nicht unbedingt sicherer als unten bei den Leuten, auch wenn sie den Eindruck hatte, dass denen nicht zu trauen war.

Sie stand auf, richtete sich vor dem Spiegel das Haar und ging wieder ins Restaurant.

Dort nahmen die Dinge ihren Lauf. Es standen noch mehr leere Bierflaschen auf dem Tisch und ein neues Paar – zwei Ausländer – hatte sich der Runde angeschlossen. Sie redeten über Jachten. Die Musik war lauter als vorhin und die roten, grünen, weißen Glühlampen spiegelten sich in einer Art nervöser Fröhlichkeit im Wasser, dessen Oberfläche von leichtem Wind gekräuselt wurde.

Ricardo kam auf sie zu. Er wirkte jetzt beinahe schüchtern und blieb, einen Schritt von der Theke entfernt, neben ihr stehen.

»Siehst du?« sagte er. »Die Brise hier bedeutet, dass im Golfete die Wellen hoch gehen. Es ist nicht angenehm, unter solchen Verhältnissen Boot zu fahren.«

»Danke«, sagte sie.

»Wirklich, ich habs mit bester Absicht gemacht. Noch ein Bier?«

»Ah, nein. Ich muss was essen.«

Er strich über seinen nackten Bauch, der von der Sonne gebräunt und muskulös war.

»Gute Idee«, sagte er, »das hab ich ganz vergessen. Und ehrlich gesagt hab ich auch einen Mordshunger.«

Emilia dachte: Warum gefällt mir bloß dieser Typ Männer? Sie fand keine Antwort und das war ein Teil des Problems.

»Ich werde dir einen Vorschlag machen, den du wahrscheinlich ablehnen wirst«, sagte er.

»Dann mach ihn erst gar nicht.«

»Essen wir doch auf meinem Segelschoner zu Abend. Das heißt, es ist eigentlich nicht mein Schoner, aber ich schlafe dort. Auf dem Kabrakán. Er gehört dem Freund von Celeste. Vielleicht möchtest du ihn aus der Nähe sehen.«

Meinte er die Jacht oder den Freund?

»Danke, lieber nicht.«

»Ich wusste es.«

Emilia wandte sich an die Kellnerin, die sich an der Bar zu schaffen machte.

»Kann ich die Speisekarte haben?«

Ricardo hielt eine Zigarette in der Hand, zwischen Daumen und Zeigefinger. Das verlieh dem kräftigen Arm in Emilias Augen ein unpassend zerbrechliches Aussehen.

Die Kellnerin sagte:

»Wir haben nur noch Sandwiches. Mit Huhn oder Roastbeef«.

»Auf der Jacht«, sagte er, »gibts frisch gefangene Cucarachitas. Eine Art Hummer. Wir hättens dort sehr gemütlich.«

Plötzlich begann der Regen mit einem dumpfen, irgendwie belebenden Geräusch auf das hohe Palmendach zu trommeln.

»Bringen Sie mir eins mit Huhn«, sagte Emilia und sah, wie die Kellnerin hinter der Küchentür verschwand.

Wieder kam ihr Annie zu Hilfe.

»Vielleicht solltest du nicht so drängen, Ricardo?« Sie wandte sich an Emilia. »Wo willst du essen? Hier an der Bar oder am Tisch?«

»An der Bar«, sagte Emilia.

»Wie du willst.« Sie drehte sich zur Küchentür und rief: »Das Hühnersandwich an die Bar!« Sie nahm einen Schluck Bier, dann sagte sie zu Emilia: »Er will dich aufs Schiff locken, stimmts?« Sie zwinkerte. »Es ist eine tolle Jacht, aber ich an deiner Stelle würde nicht mitgehen.«

Der Regen hörte ebenso unvermittelt auf, wie er begonnen hatte, und der Wind ließ nach. Vielleicht würde sie auf dem Boot mehr über Celeste in Erfahrung bringen können, dachte Emilia. Die Kellnerin brachte ihr das Sandwich. Annie kehrte an den Tisch zurück, aber Ricardo blieb neben Emilia stehen und bemühte sich weiterhin um sie.

»Was weißt du von Celeste?« fragte Emilia, als sie gegessen hatte.

»Celeste«, wiederholte er, während er sich umdrehte und auf die Frau blickte, die ihren Freunden gerade eine Geschichte erzählte. »Dies und das.«

»Sie stammt aus Honduras, nicht wahr?«

»Nein, überhaupt nicht. Ihre Mutter war Mexikanerin und ist mit einem Zirkus nach Lívingston gekommen. Sie war der Clown.«

»Der Clown?«

»Ja, der Clown. Sie hat einen von hier geheiratet und zusammen haben sie eine Kneipe aufgemacht. Dann sind sie nach Tela gezogen und haben dort eine andere Kneipe eröffnet. Dort ist Celeste geboren. Aber anscheinend ist die zweite Kneipe zu einem Bordell heruntergekommen und die Frau ist zurück nach Veracruz und hat das Kind mitgenommen. Erst als Erwachsene ist Celeste wieder hierher gekommen. Sie wollte ihren Vater kennen lernen, der sich inzwischen in Lívingston niedergelassen hatte. Aber er war schon gestorben und so ist Celeste in die Hauptstadt gezogen.«

»Dann ist es also nur ein Gerücht, dass sie ein Bordell geführt hat.«

Er nickte.

Celestes Geschichte hatte sie beruhigt. Gut zu wissen, dass sie kein Freudenhaus betrieben hatte. Das Stück Huhn war trocken und hart gewesen. Vielleicht sollte sie sich jetzt doch den Kabrakán ansehen.

»Noch ein Bier«, sagte sie, »bitte.«

Vom Tisch her war Celestes Stimme zu hören:

»Ich begreife nicht, wie man bei uns Brahmakühe töten und aufessen kann, wenn sie in Indien heilig sind. Abgesehen davon, dass es fehlender Respekt gegenüber dem Hinduismus ist, kommt mir das unvorsichtig vor. Den Zorn der Götter erregen. Nein, nein. Das ist keine fortschrittliche Idee, sondern eine Idiotie.«

»Vielleicht hast du Recht«, erwiderte einer der Männer. »Aber das Fleisch ist ausgezeichnet.«

Jemand lachte. Der Australier, der groß und mager war, stand auf, um eine neue Kassette einzulegen. Jetzt sang ein Mädchen, das von Elektrogitarren und Trommeln begleitet wurde. Drei aus der Runde erhoben sich, um zu tanzen, und unzählige Glühwürmchen erweckten den Eindruck, dass der Dschungel gleich neben der Plattform feindselig vibrierte. »Gehen wir«, sagte Ricardo und nahm sie am Arm. Sie sträubte sich nicht. Am Ende des Anlegestegs stiegen sie in ein Schlauchboot. Es lag erstaunlich stabil auf dem Wasser. Er warf den kleinen Motor an und sie fuhren rasch hinaus zur Mitte der Bucht, wo der Kabrakán vor Anker lag, ein Zweimaster, der die Flagge Guatemalas gehisst hatte.

Auf der Strickleiter im Achterdeck kletterten sie nach oben.

»Hier lang«, sagte er und sie gingen am Sonnensegel vorbei zur Kajütentür. Ein junger Mann in Matrosenuniform, der an der Tür Wache stand, machte ihnen Platz. In der Kajüte, wo ein kleiner Ventilator die durchsichtigen Gardinen vor der Luke bauschte, war ein Ausländer mit geschorenem Kopf. Emilia hörte, dass er mit deutschem Akzent jemandem ein paar Worte zurief, der sich offenbar hinter einer kleinen Tür befand. Da begriff sie, dass es ein Fehler gewesen war, auf diese Jacht zu kommen.

»Ich lass euch allein«, sagte der Deutsche, aber es war unklar, zu wem er das sagte.

Gleich nachdem sich Emilia auf einen niedrigen, auf dem Boden festgeschraubten Schemel gesetzt hatte, tauchte Pedro Morán im Türrahmen auf. Er war kräftiger gebaut, als sie sich aufgrund der Fotos vorgestellt hatte, und trug keinen Schnurrbart mehr.

»Nein, Emilia«, sagte er, »stehen Sie nicht auf. Willkommen an Bord.« Er kam näher und streckte ihr die Hand entgegen. »Man hat uns nicht miteinander bekannt gemacht. Aber wir kennen uns.«

Er hat eine angenehme Stimme, sagte sie sich und fand ihren Gedanken absurd; es war eine klangvolle, melodische Stimme, wie die von Ernesto. Sie waren eng miteinander befreundet gewesen, erinnerte sie sich; das erklärte vielleicht die Ähnlichkeit.

»Ich gebe Ihnen gern die Hand«, sagte er, »auch wenn Sie mich für Ihren Feind halten.«

Er setzte sich auf einen anderen Schemel, ihr gegenüber.

»Es freut mich, dass Sie gekommen sind. Ehrlich gesagt habe ich nicht erwartet, dass es Ricardo gelingen würde, Sie zu überreden.« Er wandte sich an Ricardo, der immer noch stand. »Wie hast du es geschafft? Oder hast du ihr gesagt, dass ich hier bin?«

Er sagte es mit einer galanten Prahlerei, die sie wütend machte.

Mörder! dachte sie und verlor die Kontrolle über sich. Sie sprang auf.

Ricardo schaute sie mit besorgter Miene an.

»Ruhig, Emilia«, sagte er. »Bis jetzt hast du dich sehr gut gehalten.«

Von draußen war ein Geräusch zu hören, das gedämpfte Knattern von Segeln, in denen sich der Wind fängt und gleich darauf hob und senkte sich die Jacht und ein Luftzug wehte durch den kleinen Raum. Emilia sah durch die Luke die Lichter der Hütten am Ufer vorbeiziehen.

»Oh nein«, sagte sie und ließ sich auf den Schemel fallen, wo sie von einem Wirbel gewalttätiger Bilder erfasst wurde: in allen war sie das Ziel der Gewalt.

Während er Emilia interessiert betrachtete, sagte Pedro zu Ricardo:

»Sie hat Angst. Ich bin sicher, sie weiß nicht, dass ich über die Todesumstände unseres gemeinsamen Freundes Ernesto Solís ziemlich gut informiert bin.« Er schwieg, dann wandte er sich an sie: »In der Nacht, als er getötet wurde, ist ihm einer meiner Männer gefolgt. Sie tragen einen Teil der Verantwortung und es ist anzunehmen, dass ich den Tod meines Freundes rächen will. Eines alten und sehr teuren Freundes.«

Emilia reagierte nicht. Sie war wie gelähmt von einer Kette von Gefühlen, die einander widersprachen und aufhoben.

»Ricardo«, sagte Pedro, »die Frau steht unter Schock.«

»Ihre Angst ist durchaus angebracht«, antwortete Ricardo. Emilia kam seine Stimme freundlich vor. »Bei deinem Ruf und überhaupt.«

»Dann ist es vielleicht das Beste, dass ich jetzt rede, wenn sie mir zuhört.« Pedro strich eine Falte seiner Hose glatt. »Wie Sie wissen, ist mein Name bereits durch das reinigende Feuer der öffentlichen Meinung gegangen. In gewisser Weise bin ich schon bestraft worden. Ich habe ein Recht darauf, als neuer Mensch angesehen zu werden. Zumindest als einer, der dazugelernt hat. Heute widme ich mich der Fürsorge. Ich, der früher Böses getan hat, wenn auch nicht immer absichtlich, wirke jetzt Gutes.«

Endlich bildete sich ein Gedanke in Emilias Kopf, der sie aus ihrer Erstarrung löste: Dieser Mann ist ein Politiker. Seine Rede war der Beginn einer Kampagne und sie wollte nicht weiter zuhören.

»Sie haben Leigh töten lassen«, sagte sie.

»Den Engländer?« Es war, als wollte er die Anschuldigung mit jeder Faser seines Körpers zurückweisen. »Blödsinn.« Er lachte. »Jetzt verstehe ich. Seinetwegen sind Sie hier. Weshalb hätte ich ihn töten lassen sollen? Wegen der fantastischen Geschichte von Chajul, die übrigens niemand ernst genommen hat? Was für eine rege Fantasie.«

Wozu sagt er mir das alles, dachte sie. Etwas tief in ihrem Inneren sagte ihr, dass sie seinen Worten nicht glauben durfte, dass sie genau das Gegenteil glauben sollte: dass Lucien auf Morán hereingefallen war, dass sein Boot nicht zufällig gekentert war, dass es sich um eine komplizierte Rache handelte: dass man auch sie töten würde. Er glaubt, ich hab ein Mikrofon bei mir, er will mich nur ablenken.

»Ich vergleiche mein Leben gern mit dem Leben anderer«, sagte Pedro. »Mit Ernestos Leben zum Beispiel. Denken Sie nur, wie seine Geschichte begonnen und wie sie geendet hat.«

»Es war ein Versehen«, sagte Emilia.

Er beachtete den Einwand nicht und redete weiter:

»Und sehen Sie, was ich jetzt mache. Oder betrachten Sie Ihren Fall. Wofür verwendet jeder von uns seine Zeit, seine Energien?«

»Was wollen Sie von mir?«

Pedro Morán verwandelte sich; jetzt war sein Gesichtsausdruck wild und grausam.

»Was glaubst du wohl, Schätzchen?«

Sie sah zu Boden und schwieg. Ricardo schaute durch die Luke.

»Wir sind schon im Golfete«, sagte er. »Ich sag ihnen, dass sie Anker werfen sollen.«

Er verließ die Kajüte und Pedro fuhr fort:

»Sicher glauben Sie, moralisch über mir zu stehen.

Ich würde Sie gern daran zweifeln lassen. Aber natürlich, keiner gibt seine grundsätzlichen Hypothesen auf, außer es bringt ihm einen gewaltigen Vorteil, das weiß jedes Kind.« Auch er hatte also sein Herz für die Philosophie entdeckt. »Ich war gezwungen, meine Anschauungen radikal zu ändern, ich musste mit meiner Vergangenheit reinen Tisch machen. Aber Sie denken offenbar, dass ich Sie umbringen will.«

Er machte eine Pause, während sich der Schoner langsam auf Lee legte: Sie waren vor Anker gegangen.

»Ich will nur, dass Sie meinen Standpunkt verstehen. Celeste und Adelle machen alles Menschenmögliche, um diesen Kindern zu helfen. Wenn Sie mit einem Skandal dafür sorgen, dass das Heim geschlossen wird, richten Sie mehr Schaden als Nutzen an. Ich möchte Sie bitten, das, was Sie mit diesem Hörgerät wahrnehmen konnten, als internes Problem anzusehen, das nicht breitgetreten werden soll. Ich biete Ihnen ein Tauschgeschäft an, mein Schweigen gegen das Ihre.«

»Wie können Sie wissen, dass ich schweigen werde?«

»Ich muss Ihnen vertrauen. Ich weiß schon, dass Sie später Ihre Meinung ändern könnten. Eigentlich ist das unwichtig. Sie würden uns in eine unangenehme Lage bringen, das ist alles. Dagegen könnte ich Ihnen größere Schwierigkeiten bereiten. Vielleicht könnte ich Sie sogar ins Gefängnis bringen. Ich würde dadurch selbstverständlich nichts gewinnen. Denken Sie darüber nach, nehmen Sie sich ruhig Zeit«, sagte er mit einem liebenswürdigen Lächeln. »Mir scheint, wir könnten jetzt das Thema wechseln.« Er wandte sich zur Tür und rief: »Ricardo! Horchst du? Du kannst schon den Hummer auftragen!«

Ich werde sogar noch was essen, dachte Emilia, etwas empört über sich selbst. Sie hatte Hunger und sie war dabei, die Angst vor Pedro zu verlieren.

»Wohin werden Sie nach Lívingston fahren?« fragte er.

»Ich nehme an, zurück nach Paris.«
»Ich hab geglaubt, Sie leben in London.«
»Nein, in Paris, schon seit Monaten.«
»Dann kehren Sie ruhig nach Paris zurück und überdenken alles, was wir jetzt besprochen haben. Sie sind uns hier immer willkommen. Wenn Sie einmal den Drang spüren, ein gutes Werk zu tun, das ist der richtige Ort dafür.«
Ja, dachte Emilia, genau das will ich machen: nach Paris zurückkehren und über all das nachdenken.

XII

Sie hörte die Kajütentür, die hinter ihrem Rücken aufging, und dann verzerrte sich das Gesicht von Pedro Morán, zersprang in winzig kleine rote und weiße Sechsecke.
Ich hatte Recht. Wie dumm ich war.
Alles um sie herum wurde dunkel. Sie stürzte ohne Bewusstsein zu Boden.

Die Zukunft

I

Ricardo sagte zu Pedro:

»Nichts. Du hättest dir deinen Sermon sparen können. Sie hatte nichts bei sich.« Sie hatten Emilia entkleidet, die mit dem Gesicht nach unten auf dem Kajütenboden lag. Ricardo war gerade fertig damit, ihren Körper zu untersuchen; sie war noch nicht kalt. Mit der Sachkenntnis eines Arztes hatte er die Körperöffnungen der Frau geprüft, in denen ein Mikrofon versteckt sein konnte. »Absolut nichts.«

Pedro trat an die Luke. Er sah den sternenübersäten Himmel, die schwarzen Ufer, die Lichtreflexe im gekräuselten Wasser.

»Ich verstehe nicht, wozu sie gekommen ist. Sie hätte nicht kommen müssen.«

Es störte ihn, das zu tun, was er gerade tat. Und jetzt mussten sie ihr die Eingeweide rausnehmen, den Bauch mit Blei füllen, damit sie am Grund bliebe (sie würden Tauchergewichte verwenden), auf den passenden Augenblick warten, um den Körper ungesehen zur Reling zu tragen und über Bord zu werfen.

Mit den neuen Spielregeln war auf keinen mehr Verlass. Er dachte, dass die Notwendigkeit, eine schmutzige Arbeit selbst machen zu müssen, die Werteskala der Menschen mehr als jede Ideologie veränderte. Es existierten Gefahren, die sich aus der Befehlsgewalt und aus dem Erteilen von Befehlen ergaben.

»Ich hoffe«, sagte er, »das ist das letzte Mal.«

Ricardo schaute auf, in Pedros Augen, und hob ein wenig die Brauen.

»Ich glaube, es wird Zeit, dass ich in mein Land zurückfahre«, sagte er.

II

»Sie haben also beschlossen, es in der Bibliothek aufzuhängen. Ich halte das für eine sehr gute Idee.«

»IST DIE ZUKUNFT EIN PRODUKT DER VERGANGENHEIT?«

Pedro stand neben Adelle in dem Schuppen aus Blech und Maschendraht, in dem die Bibliothek des Kinderheims untergebracht war, und las noch einmal die Frage, die auf seinen Wunsch hin auf eine Tafel geschrieben worden war.

»Sehr gut«, sagte er nochmals.

Vom Spielplatz hinter den Bäumen war das fröhliche Lärmen von Kindern zu hören, die Ball spielten. Aber Adelle wirkte bekümmert.

»Ist was?«

»Ja.«

»Kann ich irgendwas tun?«

»Vielleicht.«

»Dann erzähl schon.«

Adelle rang noch einmal die Hände, ehe sie sagte: »Ich weiß nicht und ich will auch nicht wissen, woher die Kinder kommen, die sie uns schicken, und ich vermute, es ist gut so. Was zwischen dem Deutschen und Agustín gelaufen ist, kann eine lange Vorgeschichte haben. Ich stelle mir vor, es ist eine komplizierte Geschichte und ehrlich gesagt will ich sie auch nicht kennen. Sie interessiert mich nicht. Man hätte nicht erlauben dürfen, dass Juri sich hier niederlässt.«

Er hob eine Hand, um sie zu unterbrechen.

»Ich glaub, ich hab verstanden, Adelle. Wir brauchen nicht weiterzureden. Man wird das in den neuen Statuten berücksichtigen. Celeste will, dass sie noch einmal überarbeitet werden. Ich bin völlig damit einverstanden. Du allein wirst bevollmächtigt sein, die freiwilligen Helfer zu rekrutieren oder zu entlassen. Weder ich noch irgendjemand sonst wird sich je wieder einmischen. Zufrieden?«

Adelle war ein wenig überrascht. Nun hatte sie keinen Vorwand mehr, um die Arbeit im Kinderheim aufzugeben.

Sie gingen gemeinsam zum Schlauchboot, das am Ende des Anlegestegs angebunden war. Dort maß sich eine große Schar von Kindern in einem Wettkampf. Nackt oder von Kopf bis Fuß bekleidet, rannten sie hintereinander über den Steg, stoppten einen Augenblick lang am Rand, dann sprangen sie und drehten dabei die kühnsten und unsinnigsten Pirouetten. Manche Kinder schafften bereits einen ganzen Überschlag, ehe sie kopfüber elegant ins Wasser tauchten. Andere schnitten in der Luft Grimassen und machten Faxen, streckten die Zunge heraus, rieben sich die Augen oder den Mund oder zogen sich an den Ohren. Einige stießen ihr Kriegsgeschrei aus. Und das seidenweiche Wasser aus Jade und Obsidian hob sich in kleinen Wellen und empfing einmal und immer wieder die kleinen dunklen Körper.

Andrea Camilleri
Die Ermittlungen des Commissario Collura
Deutsche Erstausgabe

Commissario Cecè Collura muß als Bordkommissar die wunderlichsten Fälle lösen.
Ein vergnügliches Buch über seltsame Gäste auf einem großen Schiff.

Aus dem Italienischen von Moshe Kahn
WAT 476. 96 Seiten

DADA 113 Gedichte

Eine umfassende Sammlung dadaistischer Lyrik – von Richard Huelsenbeck und Hugo Ball bis Kurt Schwitters. Herausgegeben und kommentiert von einem der besten Kenner des Dadaismus.

Herausgegeben von Karl Riha
WAT 477. 192 Seiten mit zahlreichen Abbildungen

Leonardo Sciascia
Das weinfarbene Meer
Erzählungen

Die besten Erzählungen des großen sizilianischen Autors, von ihm selbst ausgewählt. Wo könnte man Sizilien mit seinen Besonderheiten und Bewohnern besser kennenlernen als in diesen Geschichten?

Aus dem Italienischen von Sigrid Vagt
WAT 478. 168 Seiten

Wolfgang Ullrich

Tiefer hängen

Über den Umgang mit der Kunst

Noch heute ist unser Kunstbegriff höfisch geprägt - indem Ullrich seinen unorthodoxen Blick auf den Kunstbetrieb wirft, gelingt es ihm, wie in seinem bereits in drei Auflagen vorliegenden Buch *Mit dem Rükken zur Kunst*, unsere gängigen Vorstellungen gehörig zu unterwandern.

Originalausgabe

WAT 479. 96 Seiten

Jonathan Riley-Smith

Wozu heilige Kriege?

Anlässe und Motive der Kreuzzüge

Welche Motive standen hinter den Kreuzzügen? Wer waren die Kreuzfahrer? Ein führender Wissenschaftler stellt die Quintessenz seiner Forschungen vor.

Aus dem Englischen von Michael Müller

WAT 480. 192 Seiten

Wendelin Wiedeking

Das Davidprinzip

Macht und Ohnmacht der Kleinen

Von Glanz, Stärke und Zukunft der Kleinen. Zwölf Erfahrungsberichte aus der einzigartigen Welt der Selbständigen, von den Bakterien und dem Bundeskanzler bis zur Tenniskünstlerin und den Schriftstellern.

Zusammengetragen von Anton Hunger und Horst Brandstätter

WAT 481. 192 Seiten

mit vierfarbigen Bildern von Johannes Vennekamp

George Tabori

Son of a bitch

Roman eines Stadtneurotikers

Selten ist mit solcher Kenntnis, solch ironischer Zuneigung und liebevoller Bosheit der New Yorker Stadtneurotiker beschrieben worden: seine Freunde, seine hysterische Frau, sein unmöglicher Sohn, seine sexbesessene Freundin und nicht zu vergessen: sein Therapeut. Ein meisterhaftes Tabori-Spektakel!

Aus dem Amerikanischen von Ursula Grützmacher-Tabori

WAT 482. 96 Seiten

Hans J. Nissen Peter Heine

Von Mesopotamien zum Irak

Kleine Geschichte eines alten Landes

Das Gebiet des heutigen Irak mit seinen Ölvorkommen ist zugleich das Land einer frühen Hochkultur. Zwischen Euphrat und Tigris entstanden die ersten Städte, das erste Gesetz, die erste Schrift.

Eine Einführung in die Geschichte einer Region, von der mesopotamischen Hochkultur bis zum Sturz Saddam Husseins.

Originalausgabe

WAT 483. 192 Seiten mit zahlreichen Abbildungen

Wenn Sie mehr über den Verlag und seine Bücher wissen möchten, schreiben Sie uns eine Postkarte (mit Anschrift und ggf. e-mail). Wir verschicken immer im Herbst die *Zwiebel*, unseren Westentaschenalmanach mit Gesamtverzeichnis, Lesetexten aus unseren Büchern, Photos und Nachrichten aus dem Verlagskontor. Kostenlos!

Verlag Klaus Wagenbach, Emser Straße 40/41, 10719 Berlin
www.wagenbach.de